Le Retour de l'Ange

ELIZABETH CHANDLER

Le Retour de l'Ange

Tome 1

Traduit de l'anglais (États-Unis)
par Catherine Guillet

hachette

Photo de couverture : © Plainpicture/C&P

Traduit de l'anglais (États-Unis) par Catherine Guillet

L'édition originale de cet ouvrage a paru en langue anglaise chez Simon Pulse, an imprint of Simon and Schuster, New York, sous le titre :

EVERCROSSED : A Kissed by an Angel novel

Hachette Livre, 43, quai de Grenelle, 75015 Paris.

À Puck, mon compagnon de bureau,
dont les ronronnements m'ont accompagnée
durant la rédaction du premier
au dernier chapitre de cet ouvrage.

Prologue

Une fois réveillé, il réfléchit longtemps.

Il n'y avait aucun espoir. Et quand il n'y a aucun espoir, on n'a que deux possibilités : le désespoir ou la vengeance. Les lâches et sans défense se désespéraient. Il se vengerait.

Vengeance – le mot lui-même lui donna de la force.

Certes, il devrait se montrer prudent, et ingénieux. Il y avait des choses qu'il ne connaissait pas, des choses dont il ne se souvenait pas.

Mais il se rappelait les mots, même s'il avait oublié d'où ils provenaient – d'un vieux livre certainement. Peu importait. Il se les appropria :

« À moi la vengeance[1]. »

S'il n'avait pas perdu son cœur, ces mots s'y seraient inscrits :

À moi la vengeance.

À moi la vengeance.

À moi la vengeance.

---

1. Épître de Paul aux Romains (12-19), le Nouveau Testament, traduction d'après le texte grec par Louis Segond. (Toutes les notes sont de la traductrice.)

Chapitre 1

— Écoutez ça, c'est sinistre !

Il faisait nuit. Des volutes de brume, qui portaient en elles l'odeur salée de l'océan, entouraient Beth et Ivy. Leur balancelle s'immobilisa en grinçant.

— Écoutez, répéta Dhanya, assise sur le pas de la porte du *cottage*. On dirait des… gémissements.

— Ressaisis-toi, Dhanya, lui lança Kelsey, avachie entre la balancelle et la maison dans un fauteuil blanc à larges lattes de bois comme on les fait dans les montagnes des Adirondacks. Tu n'as jamais entendu de corne de brume ?

— Bien sûr que si, mais ce soir, ça ressemble à…

— Un gémissement… un geignement ; un sanglot… un soupir ; l'espoir et l'espérance de revoir son amant, parti sur les mers, mais qui ne reviendra plus, proféra Beth avant de sortir de sa poche un stylo et un petit carnet dans lequel elle s'empressa de noter ce passage inspiré qui pourrait contribuer à sa prochaine saga sentimentale.

— Je vois que tu n'as pas changé ! s'exclama Kelsey en sifflant. Jusqu'à ton vieux stylo à clic que tu utilises encore ! Pourquoi est-ce que tu ne tapes pas tes textes sur ton iPhone ?

— Ici ? s'étouffa presque Beth. Où de célèbres écrivains ont rédigé sur papier, à la lumière de lampes-tempête alimentées par de l'huile de baleine, alors que la pluie cinglait sans répit les murs de leurs maisons couvertes de bardeaux, que le vent hurlait dans les conduits de leurs cheminées et que, non loin de leurs portes, les flots déchaînés venaient se briser en d'infinis...

— D'accord, d'accord, l'interrompit Kelsey en agitant une jambe impatiente. J'ai compris.

Beth entendit Ivy éclater de rire et s'autorisa à l'imiter en la regardant du coin de l'œil.

Depuis leur arrivée à cap Cod quatre jours plus tôt, Ivy avait l'impression que Will, son petit ami, et Beth surveillaient constamment ses réactions. Elle se doutait qu'elle n'était pas la seule à penser à Tristan. Ivy avait aimé ce dernier plus que tout, et plus que toute personne au monde. Elle n'avait jamais ressenti de bonheur pareil à celui que sa présence lui procurait. Quant à son amour pour elle, il lui avait fait l'effet d'un miracle. Mais le 25 juin qui approchait marquerait le premier anniversaire d'une année qui avait débuté par un cauchemar, le soir où Gregory, le quasi-frère d'Ivy, avait tenté de l'assassiner, et accidentellement tué Tristan à sa place.

— Ce brouillard me donne la chair de poule, poursuivit Dhanya. Il se met partout et on ne voit plus rien.

La brume masquait aussi la vue l'après-midi où Gregory était décédé. À la fin, son désir de détruire Ivy était devenu si intense qu'il en avait négligé sa propre sécurité. Lorsqu'il avait plongé vers sa mort depuis le pont de chemin de fer, Ivy et Will distinguaient à peine les rochers et la rivière en contrebas.

Un grondement menaçant poussa Beth à regarder par-dessus son épaule.

— C'était le tonnerre ?

— J'aimerais bien que cet orage éclate une bonne fois pour toutes et qu'on n'en parle plus, soupira Kelsey.

— Où est Will ? demanda Beth à Ivy d'un air inquiet.

— Il peint, répondit Ivy en indiquant du doigt la grange où Will était installé.

Ce bâtiment rénové, qui faisait partie de l'auberge Seabright, se trouvait à une cinquantaine de mètres du *cottage*. Ce soir-là, il était plongé dans l'obscurité. Il comportait trois appartements, mais, en cette deuxième semaine de juin, Will en était le seul occupant, et la fenêtre de sa chambre donnait à l'opposé du *cottage* où séjournaient les jeunes filles. La seule lumière venait donc de la maison principale, de l'autre côté du jardin, où les fenêtres formaient comme des taches jaunes indistinctes dans la brume.

— J'ai horreur de ce temps, grommela Kelsey en tirant sur ses longues mèches auburn comme pour les raidir avant de les rejeter en arrière. Ça me crêpe les cheveux. Toi aussi, tu frisottes, Ivy.

Celle-ci sourit avec un haussement d'épaules. Sa chevelure blonde était naturellement frisée.

— Je n'arrive pas à croire que tante Cindy n'ait pas fait installer le câble dans le *cottage*, continua de se plaindre Kelsey. Je refuse de regarder la télévision avec ses clients dans cette pièce remplie de tapis au crochet, de vieille porcelaine et de fleurs séchées ! Ça ne sera pas ma faute si je finis par aller m'amuser à Chatham.

— Il est presque minuit et tu ne verras rien dans ta Jeep avec ce brouillard, fit remarquer Dhanya à sa meilleure amie. Will a le câble dans la grange.

— S'il peint, on devrait le laisser tranquille, intervint Beth.

Des éclairs roses illuminèrent le ciel à l'ouest. Les coups de tonnerre, plus bruyants, semblaient se rapprocher.

Kelsey fit la moue.

— Pour occuper ce genre de soirée, il n'y a que deux solutions : les bars pour sportifs, ou les séances de spiritisme.

— Une séance de spiritisme ? Quelle bonne idée ! s'exclama Dhanya. Je vais chercher ma planche Ouija.

— Pas pour moi, je crois, annonça Beth en s'agitant sur la balancelle.

— Pour moi non plus, renchérit Ivy en signe de soutien.

Elle avait senti le mal-être de Beth. Pour Kelsey et Dhanya, communiquer avec les esprits constituait un jeu ; or Beth était médium et, l'année précédente, elle avait souvent pressenti les dangers qui guettaient Ivy.

— Pas pour vous ? s'étonna Kelsey. Pourquoi ? Les filles arrêtent le spiritisme après le collège dans le Connecticut ?

— Non, elles arrêtent quand ça devient réel, déclara Beth.

Désarçonnée, Kelsey resta bouche bée.

Dhanya, elle, se leva. Menue, elle était jolie avec ses longs cheveux soyeux et ses yeux en amande presque noirs.

— J'ai un don pour tout ce qui touche aux séances, et au spiritisme en général, lança-t-elle. Au lycée, on me demande tout le temps de tirer le tarot.

— C'est vrai, confirma Kelsey en laissant glisser ses longues jambes athlétiques de l'accoudoir de son fauteuil. Dans ce domaine, Dhanya est toujours la star de mes soirées à la maison. Allez, viens ! ajouta-t-elle à l'adresse d'Ivy qu'elle était venue tirer de la balancelle. Toi aussi, Beth.

Ne gâche pas tout, tança-t-elle sa cousine avant de rejoindre Dhanya.

Une fois qu'elles eurent disparu dans le *cottage*, Ivy se tourna vers Beth.

— Tout ira bien, lui dit-elle doucement.

— Je ne leur ai pas raconté ce qui s'est passé l'été dernier. Elles ne savent rien de Tristan et de Gregory, ni de tout le reste.

Ivy hocha la tête. Elle s'imaginait facilement la réaction de Kelsey si elles lui apprenaient que Tristan était revenu sur terre sous la forme d'un ange pour la protéger de Gregory, et que Beth avait été la première à communiquer avec lui. Elles n'auraient pas fini d'en entendre parler.

— Elles s'amusent, c'est tout, reprit Ivy.

— Ça ne te dérange pas, toi ? s'enquit Beth, le front plissé par l'inquiétude.

Lors de leur première rencontre deux hivers auparavant, Ivy s'était fait la remarque que le visage de Beth ressemblait à celui d'une gentille chouette. Désormais, il était plus long, et encadré par un carré de cheveux châtain clair qui descendait sur la nuque ; ses yeux bleus, en revanche, paraissaient toujours aussi grands et ronds, surtout quand elle était préoccupée.

Lorsque, quelques mois plus tôt, elle avait invité Ivy à passer l'été à cap Cod, celle-ci avait compris pourquoi son amie mettait tant d'énergie à la persuader de venir. Selon Beth, ce serait le lieu idéal où travailler, s'amuser et se mettre en forme avant d'entrer à l'université. Sans compter, avait-elle insisté, qu'elles feraient une bonne action pour la tante de Beth et de Kelsey. Récemment divorcée, tante Cindy, comme ils étaient tous censés l'appeler, dirigeait son auberge avec peu de moyens. En échange de leur aide, elle leur offrait donc le gîte et le couvert à cinq minutes de l'océan, d'une baie, de marais salants, de pistes cyclables… Mais en réalité, Beth cherchait principalement à s'assurer qu'Ivy, Will et elle passeraient quelques mois loin du Connecticut. Elle voulait qu'ils oublient les sombres événements qui s'étaient déroulés l'été précédent.

— Vous arrivez, oui ou non ? lança Kelsey.

— Plus on résistera, plus elles insisteront, chuchota Ivy à Beth. On se contentera de faire semblant.

— Oui, oui, on vient ! répliqua Beth à sa cousine.

Elles entrèrent dans le *cottage* au toit couvert de bardeaux, qui se composait au rez-de-chaussée d'un salon, et d'une cuisine sur l'arrière où Kelsey les attendait. L'escalier qui en partait et menait à l'unique chambre au premier étage se trouvait à côté d'une grande cheminée. Ivy et Beth débarrassèrent la table placée au centre de la pièce, tandis que Dhanya montait chercher la planche Ouija sous son lit. Kelsey, elle, fouillait tiroirs et placards.

— Ah, ah ! s'exclama-t-elle en brandissant un paquet de six bougies à thé rouge sombre au parfum d'airelles.

— Il vaudrait mieux en trouver des blanches, conseilla Beth. Elles attirent les bons esprits. Je vais voir à l'auberge s'il y en a.

— Non, celles-ci feront l'affaire, lui répliqua Kelsey.

Dhanya, qui venait de réapparaître, posa la planche et l'oracle sur la table.

— Asseyez-vous, les enjoignit Kelsey en plaçant les bougies en cercle.

Ivy adressa un sourire encourageant à Beth, qui s'était installée en face d'elle. Les épaules visiblement contractées, celle-ci baissa des yeux anxieux vers la planche Ouija.

Kelsey avait orienté dans sa direction les trois rangées de lettres de l'alphabet, les chiffres, ainsi que l'expression *Au revoir* écrite sur la partie inférieure de la planche. Le mot *Oui* apparaissait en blason dans le coin le plus proche d'Ivy, et *Non*, du côté de Beth.

— Faites attention de ne pas vous brûler, les filles, lança Kelsey en fermant la porte qui donnait sur l'arrière du *cottage* pour éliminer les courants d'air.

Elle alluma les bougies, puis éteignit les lumières du salon et de la cuisine, avant de prendre place en face de Dhanya.

— Qui est-ce qu'on pourrait appeler ? demanda-t-elle. Quelqu'un de mort récemment, de célèbre, ou de méchant... Vous avez des idées ?

— Si on essayait cette fille de Providence qui a été assassinée il y a quelques mois ? suggéra Dhanya.

— Quelle fille ? s'enquit Kelsey.

— Tu sais, celle que son petit copain a étranglée. Caitlin ? Karen ?

— Ah ! oui, Corinne, je crois, se souvint Kelsey en approuvant la suggestion d'un hochement de tête. Amour, jalousie et meurtre : difficile de faire mieux.

— En général, il faut avoir connu la personne avec laquelle on essaie de communiquer, leur rappela Beth. On doit être sûr de son prénom et, surtout, que c'est un esprit bienveillant.

— Merci, mais on sait ce qu'on fait, souffla Kelsey en roulant les yeux.

Beth ne se laissa pas dissuader.

— Quand on utilise une planche Ouija, on ne se contente pas de bavarder avec un esprit, on ouvre un portail qui lui permet de pénétrer dans notre monde.

Dhanya balaya son objection d'un revers de la main.

— D'après mon expérience, les chances de réussite sont multipliées quand on entre en contact avec n'importe quel esprit disponible et prêt à parler. S'il vous plaît, joignez les mains, leur signifia-t-elle. La gauche sur la droite.

Beth obéit aux instructions à contrecœur, tandis que Dhanya, la tête renversée en arrière, commençait à psalmodier :

— Esprit errant, fais-nous la grâce de ta présence. Tu as vu ce que nous ne pouvons pas voir, entendu ce que nous ne pouvons pas entendre. Nous te demandons humblement…

— On se croirait à l'église, l'interrompit Kelsey. Tu vas finir par attirer la Vierge Marie.

— En fait, enchaîna Beth, on devrait d'abord faire une prière pour notre protection.

— À qui ? répondit Kelsey. À l'ange qu'Ivy et toi gardez entre vos deux lits ?

— Je ne prie pas devant des statues, lui rétorqua Beth, avant d'ajouter d'une voix plus douce : Tu peux t'adresser à l'ange ou à la figure protectrice de ton choix.

— Ce n'est pas nécessaire ! s'emporta Dhanya. Le cercle qu'on forme suffira à nous défendre.

Les lèvres pincées, Beth se résigna et ferma les yeux. De son côté, Ivy formula sa prière intérieurement. Étant donné l'incroyance de Kelsey, elle supposait que seuls leurs sens leur causeraient quelques frayeurs. Cependant, elle commençait à douter.

— Placez le majeur et l'index sur l'oracle… leur ordonna Dhanya. Esprit, nous avons beaucoup de questions à te poser ce soir et accueillerons volontiers tes réponses. Fais-nous savoir que tu es là… On n'a plus qu'à attendre, ajouta-t-elle à l'intention de ses amies.

Le temps passa. Et passa. Kelsey tapait le sol du pied sous la table.

— Bon, reprit Dhanya. On va déplacer l'oracle nous-mêmes sur le pourtour de la planche. Ça aidera l'esprit à rassembler l'énergie dont il a besoin pour communiquer.

Lentement, elles firent glisser le petit triangle de bois dans le sens des aiguilles d'une montre, en évitant les lettres et les chiffres.

— Ne va pas trop vite, Kelsey, dit Dhanya.

Elles tournaient encore, en effectuant des cercles précis et réguliers, quand, brusquement, le triangle de bois s'immobilisa comme s'il avait buté sur un obstacle.

Les quatre filles levèrent la tête en même temps et leurs regards se croisèrent en silence au-dessus de la planche.

— Il ne faut pas le forcer, murmura Dhanya. Laissez-le prendre les commandes. C'est lui qui doit nous guider.

Le triangle avait repris son mouvement et Ivy sentit ses doigts entraînés malgré elle. Elle observa aussitôt les mains de Kelsey et de Dhanya, pensant découvrir un muscle tendu ou une articulation raidie – un signe même minime indiquant que l'une d'elles bougeait l'oracle. Ce dernier venait d'entamer un nouveau cercle, en marche arrière, cette fois.

Les yeux d'Ivy allèrent se poser sur les visages de ses trois amies. Les iris couleur noisette de Kelsey étincelaient, visiblement de surprise plus que de malice. Les dents serrées sur sa lèvre inférieure, Dhanya avait les paupières baissées. Quant à Beth, elle apparaissait blanche comme un linge à la lumière vacillante des bougies.

L'oracle effectua un deuxième cercle dans le sens inverse des aiguilles d'une montre. Puis un autre. Et un autre encore. Ivy en compta six.

— Il faut arrêter, lança soudain Beth en se penchant en avant.

Le triangle accéléra.

— Il faut arrêter, répéta-t-elle d'une voix plus aiguë.

Dehors, le vent s'était levé – Ivy l'entendait dans la cheminée.

— Je vous ai dit d'arrêter ! hurla Beth. Il faut mettre l'oracle sur *Au revoir* !

Le tonnerre gronda.

— Amenez le triangle sur *Au revoir* !

Mais une volonté puissante, implacable, semblait les en empêcher. Le triangle tournoyait si vite à présent qu'il aurait pu creuser le bois. Dhanya avait les yeux écarquillés de peur. Kelsey proféra un juron. Quant à Ivy, elle avait l'impression que ses doigts prenaient feu.

— Il essaie d'entrer. Il faut…

Les mots de Beth furent interrompus par un coup de tonnerre et la lueur des éclairs. La porte de devant s'ouvrit en grand et se referma violemment. Il y eut un bris de verre.

La bouche de Beth s'arrondit en un cri silencieux. Kelsey se dressa à moitié sur ses jambes, ses mains toujours accrochées à la planche. Dhanya se colla au dossier de sa chaise.

— Anges ! Anges, protégez-nous ! pria Ivy face au tableau de ses trois amies figées dans la lumière bleue d'un autre éclair.

Pourvu qu'il ne soit pas trop tard.

Chapitre 2

Kelsey se précipita vers l'interrupteur et appuya, mais la lumière, à peine allumée, s'éteignit de nouveau. La pluie battait contre les vitres. Un courant d'air dans la cheminée apporta avec lui une odeur de brûlé.

La main tremblante, Dhanya tenta de rallumer les bougies, mais Kelsey lui arracha le briquet pour finir à sa place.

— Il y a quelqu'un ? demanda une voix d'homme.

Ivy poussa un soupir de soulagement.

— Will ? On est ici ! On n'a plus d'électricité.

Will apparut dans la cuisine.

— Que s'est-il passé ? lui demanda Ivy. Qu'est-ce que c'était que ce bruit ?

— Le chat, je crois, répondit Will. J'arrivais juste quand la foudre est tombée. La porte s'est ouverte en grand devant moi et Dusty s'est faufilé à l'intérieur à ce moment-là.

Les quatre amies emportèrent les bougies dans le salon. Le grand chat roux était tapi dans un coin.

— Sale mauviette, va ! lui lança Kelsey. Regarde-moi le bazar que tu as mis.

Une des lampes, plusieurs des verres sales restés sur la table et la collection de coquillages jonchaient le sol à côté de la table basse au bout du canapé. Kelsey remit en place la lampe, dont elle essaya de redresser l'abat-jour. Will, ayant rassemblé les gros morceaux de verre, s'apprêtait à ramasser les petits éclats à la main.

— Attention ! lui dit Ivy.

Il se tourna vers elle brièvement. Le vent avait ébouriffé ses cheveux et ses yeux marron brillaient doucement à la lueur des flammes.

— Je vais chercher un balai, annonça Beth, qui n'avait pas parlé depuis la fin de la séance.

Dhanya s'était assise sur le canapé, les mains serrées posées sur ses genoux. Ivy fut tentée de lui passer un bras rassurant sur l'épaule, mais s'abstint de peur qu'elle n'apprécie pas son geste.

— L'orage s'éloigne déjà, dit-elle à la place d'un ton apaisant.

Tandis que Dhanya opinait en silence, Ivy alla prendre le chat pour venir le déposer à côté d'elle.

C'était un Maine coon[2], un gros matou qui pesait plus de neuf kilos et dont les oreilles étaient bordées de touffes de poil couleur crème. Ivy lui gratta le menton, avant d'enfouir les doigts dans l'épaisse fourrure de son cou. Dhanya eut beau la regarder faire, elle ne semblait manifestement pas prête à l'imiter.

Beth réapparut dans la pièce, un sac en plastique sous le bras, et munie d'un balai et d'une pelle. Will s'empara de cette dernière et Beth y poussa les restes de verre. Ivy n'apercevait pas le visage de son amie, mais elle vit Will lui prendre la main qui tenait le manche.

---

2. Race de chat à poil long, l'un des plus grands des chats domestiques, originaire de l'État du Maine aux États-Unis.

— Ça va ? lui demanda-t-il après l'avoir étudiée un moment.

— Oui.

L'expression de Beth ne devait pas être très convaincante, car Will insista :

— Tu es sûre ?

— Oui, répondit Beth en retirant sa main pour aller la placer plus haut sur le manche et se remettre à l'ouvrage.

Ivy se rembrunit. Elle s'en voulait d'avoir accepté cette séance. Après avoir passé des mois surprotégée par son entourage, elle avait interprété la réticence de Beth comme une nouvelle preuve de son inquiétude excessive à son égard. Elle regretta de ne pas avoir pris en compte le fait que son amie, elle aussi, avait besoin d'oublier l'été cauchemardesque qu'ils avaient vécu.

Ils finissaient juste de nettoyer lorsque tante Cindy entra, vêtue d'un ciré jaune. « Rien ne l'arrête, ni la pluie, ni la neige, ni l'obscurité », avait dit Beth un jour à Ivy en parlant de sa tante préférée. Elle approchait de la quarantaine, était menue quoique robuste, et dotée d'une abondante chevelure, aussi rousse que le poil de Dusty, et qui lui tombait sur les épaules.

— Je voulais vous les donner l'autre jour, dit-elle en ouvrant une boîte contenant trois lampes de poche à piles.

Elle en tendit une à Will, avant de remarquer le chat.

— Qu'est-ce qui t'arrive, Dusty ?

— L'orage lui a fait peur, répondit Ivy.

— C'est bien la première fois ! s'exclama tante Cindy. À mon avis, tu joues la comédie. Tu as compris qu'avec quatre jeunes filles ici, tu serais bien nourri et dorloté. Si tu penses la même chose, ajouta-t-elle à l'intention de Will, ne te fais pas d'illusions, d'autant que toi, tu as ton propre logement !

— Je m'apprêtais justement à y retourner, s'esclaffa Will de bon cœur.

— Bien. Est-ce que quelqu'un ici a besoin de quoi que ce soit d'autre ? demanda tante Cindy.

— Non, déclara Kelsey.

— En ce cas, je vous attends tous dans la cuisine demain matin à six heures trente précises. Vous avez bien travaillé cette semaine, mais demain, les clients vont commencer à arriver pour le week-end, et vous allez découvrir ce que ça veut dire que de mener une auberge au complet. Je vous conseille de bien dormir.

Will coula à Ivy un regard aussi doux qu'un baiser, puis jeta un dernier coup d'œil soucieux vers Beth. Après quoi il sortit sous la pluie sur les pas de tante Cindy.

— Qu'a dit Kelsey à tante Cindy ? s'exclama Ivy le lendemain soir tandis que Beth, Will et elle se dirigeaient vers une table qui venait enfin de se libérer chez Olivia, un glacier de la petite ville d'Orleans.

— Que Dhanya et elle nous retrouvaient ici. Je lui ai répondu que si on me posait des questions, je ne les couvrirais pas.

— Où Kelsey a-t-elle rencontré ces gars de Chatham ? s'enquit Will.

— Elle ne les connaît pas, expliqua Beth. C'est bien le problème avec elle. Croyez-moi, il n'y a aucun moyen de l'arrêter, je l'ai appris à mes dépens quand on était toutes les deux au collège et qu'on passait nos étés ensemble.

— Une chose est sûre, c'est qu'elle a tout intérêt à être à l'heure demain matin, grommela Will alors qu'ils s'asseyaient. Je ne ferai pas le travail à sa place.

Ils avaient eu une longue journée, passée à réparer les dégâts causés par l'orage tout en assurant l'accueil d'un flot continu de clients avides de renseignements. Prétextant un léger malaise, Kelsey s'était reposée au *cottage*, avant de miraculeusement revenir à la vie juste avant le dîner, alors que Beth et Dhanya avaient enduré de réels maux de tête avec force aspirine et thé.

Ivy, elle, avait eu recours au café corsé que tante Cindy ne servait pas aux clients, mais gardait en cuisine dans une cafetière spéciale pour sa propre consommation. Elle ne se souvenait pas des rêves qui lui avaient valu une nuit agitée, à un détail près : Tristan en faisait partie.

— Ton copain est en retard, marmonna Will à l'adresse de Beth en dessinant sur son carnet à spirale.

— Non, c'est nous qui sommes en avance, intervint Ivy.

Beth, qui avait un rendez-vous galant, avait soudain perdu confiance en elle et demandé à ses deux meilleurs amis de l'accompagner.

— Tu es très mignonne comme ça, la rassura Ivy.

Beth lissa ses cheveux d'un air embarrassé. Ce soir-là, sur le conseil de Dhanya, elle qui adorait les imprimés et donnait parfois l'impression d'être vêtue d'un ensemble mal assorti de papiers peints avait opté pour la simplicité. Seule l'améthyste en pendentif que Will et Ivy lui avaient offerte pour son dernier anniversaire relevait le reflet violet de ses yeux bleus.

— Depuis quand est-ce que tu n'as pas vu ce gars ? s'informa Will.

— Depuis le collège. Sa famille a une maison de vacances ici. Je ne l'ai pas reconnu, mardi, quand maman s'est arrêtée prendre de l'essence avant d'arriver ici. Pas plus que lui ne s'est demandé qui j'étais, à mon avis. Je crois qu'il n'a vu que ma mère. Elle n'a pas changé. Je ne sais pas comment il a fait pour devenir aussi grand et mignon. C'est comme si un des personnages de mes livres avait pris vie !

— À quoi ressemble-t-il, dis-tu ? demanda Ivy qui scrutait déjà les clients qui arrivaient.

— Il a des cheveux noirs, épais et bouclés. Une mâchoire puissante. Est-ce que j'ai déjà dit qu'il était vraiment mignon ?

— Plusieurs fois au cours des trois derniers jours, répondit Will.

— Je ne sais pas comment c'est possible, mais il s'est élargi des épaules. Il a une carrure et un torse impressionnants, ajouta Beth en ouvrant les bras pour en faire la démonstration.

— Si je comprends bien, il serait parfait sur une couverture de roman sentimental, déclara Ivy avec un sourire.

— Est-ce qu'il a un cerveau qui accompagne ses épaules et ses pectoraux ? plaisanta Will.

— Oui, il est inscrit à l'université de Tufts.

— Pourquoi as-tu besoin de nous, alors ? grommela Will.

— J'ai peur de ne pas savoir quoi dire.

Le stylo arrêté en l'air, Will leva vers elle des yeux consternés.

— Beth, tu écris des dialogues romantiques depuis des années !

— Et alors ? Ça ne veut pas dire que je sais m'exprimer devant un vrai garçon.

— Tu me parles tout le temps. Je n'en suis pas un vrai, moi ?

— Ne l'écoute pas, Beth ! s'esclaffa Ivy. Il ne comprend rien.

Will regarda les deux amies tour à tour, avant de partir d'un éclat de rire bon enfant.

— Apparemment, non.

Là-dessus, il ouvrit son bloc à dessin au niveau des dernières pages, qui étaient remplies de croquis. Beth et lui avaient décidé d'associer leurs talents respectifs d'écrivain et d'illustrateur pour réaliser une bande dessinée, dont les héros – le tandem d'anges formé par Ella le chat et Lacey Lovett, son acolyte – combattaient les forces du mal. C'est Philip, le petit frère d'Ivy, âgé de dix ans, qui la leur avait commandée.

— Bon, reprit Will. À quoi ressemble le nouveau méchant de l'histoire ?

— À un serpent, répondit Beth.

— D'accord. C'est bien, ça donnera une connotation biblique.

— À un serpent avec des pieds, précisa Beth.

— Excellent, approuva Will, déjà lancé dans son esquisse. Ça ajoute de la mobilité. J'exagère la tête pour pouvoir y insérer des expressions différentes.

Toutes deux penchées vers lui, Beth et Ivy contemplèrent la créature qui prenait vie sous ses coups de crayon.

— Non, décréta Beth brusquement. Il a une grosse tête, mais pas de cette forme-là. Son visage est celui d'un homme. Ses yeux ont des paupières et, même s'il peut écarter les mâchoires de la façon hideuse dont le font les serpents, sa bouche est pourvue de lèvres.

Elle faisait glisser son améthyste le long de sa chaîne.

— Ses oreilles sont minuscules, poursuivit-elle. Il perçoit les vibrations dans son estomac. Il entend les émotions comme les mots. C'est ça qui le rend si dangereux.

Will leva les yeux de son dessin en même temps qu'Ivy. Ils avaient le sentiment que Beth n'inventait pas son personnage, mais qu'elle le voyait.

— Il a les yeux gris, continua-t-elle en tirant sur son pendentif.

— J'aurais préféré jaunes ou ambre, intervint Will. De la couleur du feu.

— Ils sont gris, insista Beth. J'en suis sûre.

— Elizabeth !

Ivy et Will se tournèrent instantanément pour découvrir un garçon aux cheveux noirs bouclés et aux yeux gris. Bien qu'il ait parlé avec autorité, Ivy fut obligée de pousser Beth du coude pour qu'elle sorte de sa rêverie.

— Salut, Chase, lança-t-elle, en mettant ses cheveux derrière ses oreilles.

— Je vois que tu as amené de la compagnie, commenta-t-il. C'est sympa.

Will se leva, la main tendue.

— Bonjour. Will O'Leary.

— Bonjour, je suis Ivy.

— Ce sont mes deux meilleurs amis, expliqua Beth.

— Sympa, répéta Chase.

Intriguée par ce mot qu'il avait employé deux fois, Ivy l'étudia un instant. Était-il réellement ravi de leur présence, ou bien agacé par l'initiative de Beth ? Ivy pencha pour la seconde solution.

Tout le monde s'assit et une minute de silence gêné s'ensuivit. Will, manifestement peu enclin à contribuer au dialogue romantique de Beth, repartit à ses croquis.

Ivy se fit diplomate.

— D'après Beth, ta famille possède une maison de vacances ici ? dit-elle d'un ton léger. Quelle chance !

— Oui, ici, dans les Keys, et à Jackson Hole[3], lui répondit Chase. Peu importe que ce soit sur l'eau ou sur la neige, à partir du moment où je peux skier.

— J'étais comme toi avant, commenta Will.

---

3. La région de cap Cod, l'archipel des Keys en Floride, et Jackson Hole dans le Wyoming sont des lieux de villégiature huppés.

Ivy cligna les yeux de surprise. Il détestait la montagne et ses destinations de rêve s'appelaient la Grosse Pomme[4] et Paris.

— Ah oui ? répondit Chase d'un ton évasif.

— Oui, avant mes trois opérations.

Ivy savait pertinemment que les seules annotations portées sur son carnet de santé concernaient ses vaccins. Elle était partagée entre l'envie d'éclater de rire et de lui donner un coup de pied sous la table pour lui rappeler les bonnes manières.

— Oh ! fit Chase sans grand enthousiasme.

— Les médecins m'ont dit que je pourrais continuer à skier, mais que si jamais je faisais une nouvelle chute, je courais le risque de ne plus jamais remarcher.

Beth le fixa, stupéfaite. Chase, lui, ne savait pas s'il devait le croire ou non.

Un sourire au coin des lèvres, Will glissa un coup d'œil furtif vers Ivy avant de reprendre ses dessins.

— Est-ce que tu pourrais nous recommander des plages ou des circuits de balade dans la région ? demanda Ivy à Chase pour changer de sujet. Si tu passes tes étés ici, tu dois tout connaître.

— J'adore l'île de Billingsgate. D'ailleurs, j'y emmène Elizabeth demain.

— Ah bon ? s'étonna cette dernière.

— Où se trouve-t-elle ? s'enquit Ivy.

— Dans la baie, à une dizaine de kilomètres de Rock Harbor. Autrefois, elle était habitée. Elle avait son phare, ses maisons, son école et même une usine. Mais elle a été recouverte par les eaux il y a des années. Maintenant, elle

4. Surnom donné par les New-Yorkais à leur ville.

ne fait surface qu'à marée basse. On va y aller en kayak pour pique-niquer, ajouta-t-il à l'intention de Beth.

— Ça serait formidable, murmura celle-ci, mais je dois travailler.

— Un samedi ?

— Oui. Les week-ends sont les moments les plus chargés de la semaine à l'auberge.

— Tu ne peux pas te faire remplacer ? se renseigna Chase en regardant Ivy du coin de l'œil comme s'il s'attendait à ce qu'elle se porte volontaire.

— Tante Cindy a besoin de nous tous, trancha celle-ci.

— Et toi, Chase, quel genre de travail as-tu trouvé pour l'été ? s'informa Will.

Ignorant la question, Chase se tourna vers Beth.

— Je m'attendais à ce que tu nous aies préparé un beau repas, Elizabeth, juste pour nous, déplora-t-il.

Sans doute était-ce sa façon de dire « Elizabeth » qui lui inspira méfiance, mais Ivy soupçonna que Chase faisait partie de cette catégorie de garçons qui pensent pouvoir envoûter les filles en prononçant leur nom.

— J'insiste, mais tu adorerais cette île, reprit-il. En plus, il y a une épave juste à côté. À marée basse, son ossature émerge de l'eau. C'est fascinant. Ça serait une scène parfaite pour tes romans.

— Je suis vraiment désolée, Chase. Est-ce qu'on pourrait repousser à la semaine prochaine ?

— Je ne suis pas libre, lui rétorqua-t-il.

— Quel dommage, marmonna Will.

— Ce n'est pas grave, déclara Beth vaillamment, bien que son visage ait crié sa déception. Merci quand même pour la proposition.

Une serveuse s'approcha, le visage rayonnant.

— Hé, Chase, ça faisait longtemps qu'on ne t'avait pas vu ! lança-t-elle. De retour pour l'été ?

Chase s'étira, puis laissa retomber une main sur le dossier de la chaise de Beth.

— Oui, répondit-il. De retour jusqu'à ce que le vent me pousse dans une autre direction.

Will, qui s'apprêtait à siffler, s'arrêta net, le souffle coupé par un coup de pied qu'Ivy venait de lui décocher.

— Je prendrai deux boules, s'il vous plaît, lança celle-ci à la serveuse. Fraise et chocolat. Et toi, Beth ?

La commande eut beau vite arriver, Ivy trouva ce rendez-vous autour d'une glace simplement interminable. S'il y avait une chose qu'elle adorait chez Will, c'était sa capacité à accueillir ses amis et sa famille à bras ouverts. En groupe, il se montrait toujours intéressé par les personnes qu'elle appréciait. Chase paraissait être tout l'inverse, le genre de garçon qui isole les filles en accaparant leur attention.

Pourtant, Beth semblait fascinée par lui. Ivy fit donc de son mieux pour empêcher Will de lui donner son opinion après leur départ de chez Olivia.

— Pas de commentaire, lui murmura-t-elle alors que, déjà assis à l'avant de la voiture, ils attendaient que Beth prenne place sur la banquette arrière. Ce n'est pas toi qui veux sortir avec lui.

— Et comment ! s'exclama-t-il en riant.

De retour à l'auberge, ils eurent la surprise de trouver la Jeep rouge de Kelsey sur le parking. Dhanya était dans la cuisine du *cottage*, occupée à grignoter des biscuits salés.

— J'ai demandé à Kelsey de me raccompagner, leur expliqua Dhanya. Elle est repartie avec les garçons.

Beth s'installa à la table et tira trois petits biscuits de leur emballage plastique.

— Ton mal de tête te donne la nausée ? demanda-t-elle à Dhanya.

Celle-ci opina en mâchant lentement.

— C'était pareil pour moi tout à l'heure, constata Beth. En plus, j'avais le vertige.

— Vous voulez que j'aille voir tante Cindy ? proposa Ivy. Elle a peut-être un médicament qui vous soulagerait dans son armoire à pharmacie.

— Non, il ne vaut mieux pas. Elle demanderait où est Kelsey.

Un peu plus tard, Ivy suivit ses deux amies dans la chambre et déposa près de leur lit une tasse de thé déthéiné accompagnée d'un gâteau sec. Le premier étage du *cottage*, à plafond mansardé, était d'un seul tenant. L'escalier qui y montait suivait le conduit de la grande cheminée en brique qui occupait le centre de l'espace. Une petite salle de bains avait été aménagée en face. Quant aux quatre lits, ils occupaient chacun un coin de la pièce. Ceux d'Ivy et de Beth étaient à gauche de l'escalier, ceux de Kelsey et de Dhanya, à droite.

— C'est comme à la maison, soupira d'aise Dhanya. Merci, Ivy.

Elle prit son iPod dans son sac à main et se coucha aussitôt.

Juste avant qu'elle ne mette ses écouteurs, Ivy surprit quelques notes d'une chanson tirée de la comédie musicale *Aladin*. Elle sourit intérieurement. Apparemment, Dhanya trouvait son réconfort dans le monde désuet de Disney.

De son côté, Beth avait tiré sur elle une couverture légère. Les nuits de juin restaient fraîches à cap Cod. Elle tendit la main vers la statuette d'ange placée sur le coffre entre son lit et celui d'Ivy, juste sous la fenêtre. Ayant remarqué que son amie la regardait, elle lui adressa un vague sourire et ferma les yeux.

Allongée sur le ventre, Ivy contempla la vue par la lucarne. La nouvelle lune de la veille avait cédé la place à un fin croissant d'argent. L'air nocturne regorgeait de l'odeur du sel et des pins. Ces senteurs caractéristiques de cap Cod étaient si fortes qu'elles envahirent Ivy dans tout son être, et elle se sentit flotter dans un univers désincarné où s'estompa la réalité des pâles objets du quotidien qui l'entouraient. Son amour pour Tristan avait cette qualité ; il restait plus fort que tous les sentiments qu'elle éprouvait, y compris pour Will. Et il continuait de la faire souffrir. Elle ne l'aurait avoué à personne, mais elle doutait d'en guérir un jour. Pour des raisons qu'elle ne s'expliquait pas, l'été précédent, le destin lui avait sauvé la vie et imposé le manque douloureux causé par l'absence de Tristan. Elle posa sur l'oreiller sa joue baignée de larmes.

Il l'avait tant fait rire. L'avait si pleinement accueillie dans son existence. Avait tant apprécié la musique qu'elle jouait… Comment pourrait-elle jamais cesser de se languir de lui ?

Elle se tourna sur le côté et effleura de la main l'ange de pierre sculpté. Elle ne s'endormit que longtemps après.

Chapitre 3

Le dimanche matin, Ivy, Beth et Dhanya se préparèrent pour le travail tandis que Kelsey, la tête sous les draps et les pieds à l'air, dormait à poings fermés. Les trois jeunes filles convinrent d'un commun accord que si elles ne la réveillaient pas, elles passeraient un long été à s'échiner pendant que Kelsey irait de soirée en soirée. Elles la tirèrent donc du lit sans ménagement et elles arrivèrent toutes les quatre à la cuisine à six heures trente trois, sur les talons de Will.

Ils servirent le petit déjeuner dans la jolie salle à manger de l'auberge ainsi que sur la véranda, firent le ménage dans les chambres, lavèrent les draps et les serviettes de toilette. Lorsque midi arriva, tous les clients avaient réglé leur note et Beth, qui était partie à la messe à Chatham avec sa tante, revint avec un air très satisfait.

— Je t'ai trouvé un piano, Ivy ! s'exclama-t-elle. Un demi-queue !

— Le père John nous a dit que tu pouvais utiliser celui de l'église, lui expliqua tante Cindy. Il suffit que tu appelles à l'avance pour que quelqu'un puisse t'ouvrir la porte.

Will, qui se doutait de l'envie qu'Ivy avait de rejouer, la regarda avec un sourire.

— Je crois qu'on va réaménager nos dimanches, dit-il.

Je propose pique-nique, piano pour toi, et balade à pied en fin d'après-midi entre l'église et le phare de Chatham.

Ivy le serra dans ses bras avec gratitude. Ils terminèrent les quelques corvées qu'il leur restait à faire et, après un dîner pris de bonne heure, elle s'empressa de disparaître avec ses partitions.

Le crépuscule commençait à pénétrer dans la petite église St. Peter. Le soleil couchant, qui filtrait par les vitraux latéraux, jetait sur les murs blancs et les poutres de bois des reflets or et cramoisis. Ivy observa un moment les rosaces situées au-dessus de l'autel et de la porte d'entrée. Dans la première, aux teintes bleues et vertes, Jésus, la main tendue, debout dans un canot ballotté par une tempête, invitait Pierre à traverser les flots pour le rejoindre. Dans la seconde, un ange gardien veillait sur un pêcheur.

Les églises étaient familières à Ivy, car sa mère était longtemps passée de paroisse en paroisse en fonction du prêtre et non de sa confession. Là, à St. Peter, au milieu des anges, elle se sentit immédiatement chez elle.

Elle s'installa au piano et fit ses gammes avec application, heureuse d'écouter les ondes de musique qu'elle soulevait. Avant son départ du Connecticut, elle avait demandé à son professeur de lui donner des morceaux à travailler. Elle commença par Chopin. Enchantée de retrouver la douceur des touches sous ses doigts, elle se concentra sur le premier mouvement du *Concerto pour piano n° 1*.

Une heure plus tard, elle ressentit le besoin de s'étirer. Elle fit le tour de la petite église en effectuant des rotations de l'épaule. Le soleil ayant encore baissé, ses rayons embrasaient désormais les vitraux, transformés en tisons rougeoyants dans la pénombre croissante. Ivy repartit s'asseoir pour jouer un pot-pourri des airs préférés de Philip. Elle avait eu beaucoup de mal à quitter son petit frère pour l'été. Elle interpréta en premier une chanson du compositeur américain Josh Groban, intitulée *To Where You Are*. Philip s'était convaincu qu'elle parlait de Tristan. La première fois qu'il l'avait chantée, Ivy avait pleuré.

Tristan n'était-il, comme le disaient les paroles, qu'à un « souffle de distance » ? Continuait-il d'une façon ou d'une autre à veiller sur elle ?

Toute son enfance, elle avait prié des anges qui ne représentaient personne qu'elle ait effectivement connu ou aimé. Elle jeta un coup d'œil aux vitraux de la petite église. Outre les anges, les catholiques vénéraient des saints qui, eux, avaient existé. Lorsqu'elle appelait Tristan dans ses rêves, lui adressait-elle des prières ? Ou bien lui manquait-il tout simplement ?

L'été précédent, elle lui avait demandé son aide et Tristan l'avait entendue. Ayant donc finalement admis que les anges existaient vraiment, Ivy avait pu communiquer avec lui. Cependant, une fois Gregory mort et le danger qu'il représentait pour elle disparu, Tristan son ange gardien s'en était allé. Il lui avait assuré que, bien qu'il ne puisse plus rester, il l'aimerait à jamais. Depuis lors, son halo s'était éteint et sa voix, tue. Or l'entendait-il, lui, toujours ? Était-il conscient ?

« Si tu es là, Tristan, ce morceau est pour toi », dit-elle intérieurement.

Elle entama la *Sonate au clair de lune* de Beethoven, qu'elle avait jouée devant lui lorsqu'ils s'étaient rencontrés. Une fois la dernière note frappée, elle resta immobile, en pleurs.

— Je suis là, Ivy.

Elle se tourna vivement.

— Will !

Sans qu'elle s'en rende compte, il s'était installé au dernier rang des bancs de l'église, où son visage était effacé par l'obscurité. Tandis qu'il se levait et s'approchait lentement, Ivy s'empressa de sécher ses larmes.

Lorsqu'il arriva près d'elle, la grande tristesse de son regard lui fit détourner les yeux.

— C'est le morceau que tu avais choisi pour le festival de musique, lui dit-il en lui caressant doucement la joue. Le morceau préféré de Tristan.

— Oui.

— Je suis désolé que tu souffres encore.

Elle répondit par un lent hochement de tête, de peur, si elle parlait, de ne pouvoir maîtriser les tremblements dans sa voix.

— Qu'est-ce que tu veux que je fasse ? lui demanda-t-il, la gorge serrée par l'émotion. Que je parte ? Que je reste ? Je peux attendre dehors, si tu préfères.

— Non, reste, Will. Reste, parvint-elle enfin à balbutier. Je suis prête à partir. Viens avec moi rapporter la clé au presbytère. Ensuite, on ira faire notre promenade.

Lorsqu'ils revinrent vers la voiture, Will marcha à ses côtés sans lui prendre la main comme il y était accoutumé. Il gardait ses distances. Puis, pendant le trajet jusqu'au parking du phare de Chatham, il resta muet.

« C'est l'anniversaire de la mort de Tristan qui me travaille, aurait aimé lui affirmer Ivy. Le souvenir réveille les sentiments, mais ça va passer. »

Elle garda le silence, cependant, car elle-même n'était pas convaincue par ses arguments.

À l'est, les premières étoiles commençaient à pointer dans le ciel bleu nuit au-dessus de l'océan. À l'ouest, les dernières traînées orange s'estompaient et le banc de sable qui s'étirait vers le sud depuis le phare se peignit de mauve. Ils étaient descendus sur la plage, où ils marchaient au bord de l'eau, leurs chaussures à la main.

— Philip nous a envoyé un e-mail, à Beth, toi et moi, déclara Will au bout d'un long moment. Il veut qu'on lise son blog.

— Son blog ! s'exclama Ivy.

— Un peu de respect, madame ! plaisanta Will enfin. Je l'ai lu et c'est une bonne analyse de ce qui se passe dans sa colonie. J'espère juste que le moniteur qu'il a baptisé Bras de Tarentule n'en entendra pas parler.

Ivy éclata de rire.

— J'en déduis que ce moniteur est assez velu ?

— Oui, et très méchant, du moins aux yeux de gamins de dix ans. Il leur impose leurs coéquipiers et celui qu'il a assigné à Philip lui a vomi dessus.

— Oh, non !

— Si. Les autres l'avaient mis au défi de manger quatre hot dogs en quatre minutes.

— Je vois... Ils doivent vouloir les préparer à la vie sur les campus universitaires.

— Son groupe s'appelle les Blaireaux. Philip est le meilleur lanceur et frappeur de son équipe de base-ball.

— Bien sûr qu'il est le meilleur ! C'est mon frère.

Will éclata de rire et glissa sa main dans celle d'Ivy.

— Il aime l'aviron aussi, ajouta-t-il. Il me tarde qu'il arrive. Je veux l'emmener faire du kayak sur Pleasant Bay.

Ivy se tourna vers lui. Le vent cinglait ses cheveux noirs. Ses cils, d'une longueur inhabituelle, adoucissaient l'intensité de son regard.

— Si je me souviens bien, reprit-elle, tu lui as promis que vous vous déguiseriez en pirates.

— Oui, c'est vrai. Il aura peut-être oublié.

Un large sourire aux lèvres, Ivy secoua la tête d'un air ironique.

— Philip a une très bonne mémoire pour ce genre de promesse. J'espère que vous ne ferez pas peur aux filles qui seront en train de bronzer sur la plage.

Le visage radieux, Will lui passa le bras sur l'épaule. Ils se remirent à marcher tout en poursuivant leur conversation au sujet de Philip, avant de parler de certains des clients excentriques qui avaient séjourné à l'auberge durant le week-end.

— Je n'ai toujours pas compris qui a dormi dans la suite Étoiles de mer et Coquilles Saint-Jacques, déclara Will. C'était sa femme ou sa mère ?

— La seule chose dont je suis sûre, c'est que ce n'était pas sa maîtresse, répondit Ivy.

— Alors, c'était peut-être lui son jeune amant, suggéra Will.

— Beth va avoir des tonnes d'idées pour ses prochains romans ! s'esclaffa Ivy.

Ils avaient retrouvé le rythme fluide et aisé de la relation qu'ils partageaient depuis près de huit mois.

Alors qu'ils revenaient vers la voiture, Ivy leva les yeux vers la double tour du phare de Chatham, dont les lanternes tournaient lentement dans le ciel étoilé.

— C'est magnifique, murmura-t-elle.

— Comme toi, chuchota Will en l'attirant contre lui.

Elle glissa les bras dans son dos et il inclina la tête vers elle. Ivy aurait reconnu ses baisers les yeux bandés. Ils étaient tendres et aimants, et donnaient autant qu'ils recevaient. Tout chez Will lui était familier : la courbe de ses lèvres, le creux de son épaule où elle reposait si souvent sa tête, les articulations de ses mains qu'elle aimait à suivre du bout des doigts, et la façon dont ces derniers s'entrelaçaient parfaitement avec les siens. Elle connaissait et aimait tous ces aspects, autant qu'elle adorait ses baisers.

Et pourtant, elle ne parvenait pas à oublier Tristan.

Une heure et demie plus tard, debout sur le seuil du *cottage*, elle regarda Will s'éloigner en sifflotant vers la grange rénovée où il avait décidé d'aller peindre. Désireuse de se ménager un peu de temps et d'espace pour réfléchir, Ivy longea le côté de l'auberge en direction de l'océan. Il ne restait plus que deux clients, qui partiraient le lundi soir, et les fauteuils de style Adirondacks disséminés sur la véranda et la pelouse étaient tous libres. Une haie vive de buissons délimitait la crête de la falaise dont le flanc couvert de broussailles tombait vers la mer. Au bout du jardin, une tonnelle de vigne menait à un escalier en bois dont les cinquante-deux marches – Ivy les avait comptées – descendaient vers une promenade en planches rejoignant un sentier qui traversait les dunes parsemées d'herbes folles.

Sur le palier à mi-hauteur se trouvaient deux bancs placés en vis-à-vis. Ivy s'assit face au nord. Pendant la journée, la vue était spectaculaire, car l'océan formait derrière une langue de sable une anse étincelante où mouillaient les bateaux des pêcheurs de homards et ceux des plaisanciers. Mais par cette nuit sans lune, les frontières entre terre, mer et ciel se fondaient l'une dans l'autre, et Ivy n'entendait même pas les vagues qui venaient se briser contre les dunes et sur la plage. Ce monde invisible la fit penser à Tristan : elle ne le voyait pas, elle ne l'entendait pas ; cependant, elle sentait sa présence.

Sa gorge se serra. Que lui arrivait-il ? Elle avait passé beaucoup moins de temps avec Tristan qu'avec Will. Comment se faisait-il qu'elle ne puisse l'oublier ?

Des propos prononcés par la mère de Tristan lui revinrent à l'esprit : « Quand on aime quelqu'un, on ne s'en remet jamais. On continue à vivre, parce qu'on le doit, mais on garde la personne aimée dans son cœur. »

Ivy s'était persuadée qu'elle avait tourné la page. Ce qui la peinait le plus, c'est qu'elle en avait convaincu Will aussi.

Bien sûr, elle l'aimait. Mais l'aimait-elle assez si elle ne parvenait pas à éprouver pour lui les sentiments qu'elle conservait pour Tristan ? Peut-être avait-elle une idée trop noble de l'amour ; peut-être attendait-elle trop de Will et d'elle-même.

Elle descendit sur la plage pour marcher au bord de l'eau, où le bruit de l'incessant ressac de la mer l'apaisa.

Lorsqu'elle revint au *cottage*, sans savoir depuis combien de temps elle était partie, elle trouva Beth debout sur le seuil de la porte, son téléphone portable à la main.

— Te voilà enfin ! s'exclama Beth.

— Qu'est-ce qu'il y a ?

— Il faut qu'on aille récupérer Kelsey avant qu'elle ne fasse une bêtise. Enfin, une autre bêtise, se reprit Beth en faisant la moue. Va chercher tes clés de voiture. J'ai une vague adresse.

— Où est Dhanya ?

— Avec elle, à peine plus sobre.

— Et tante Cindy ?

— Elle n'est pas encore rentrée.

Le téléphone de Beth sonna.

— Ça recommence, marmonna-t-elle.

Elle écouta son interlocuteur en silence pendant un moment avant de déclarer :

— Dhanya, je te l'ai déjà dit. Prends-lui son trousseau. Jette-le dans l'océan si nécessaire. Non, non ! Ne conduis pas non plus, ce n'est pas une bonne idée !

— Je reviens, murmura Ivy.

— Et si on demandait à Will de nous accompagner ? lui lança Beth.

— Non, il est en train de peindre. Il lui faudra trop de temps pour tout ranger.

Une fois Ivy de retour avec ses clés et son portefeuille, elles se ruèrent vers la voiture.

— Où va-t-on ? demanda Ivy en démarrant le moteur.

— Vers une route qui croise la 28.

— Beth, les trois quarts de cap Cod donnent sur la 28 !

— Dhanya a mentionné Marsala. Je n'en ai jamais entendu parler.

Ivy entra le nom dans le GPS, en précisant Orleans, puis Brewster et Harwich comme villes proches.

— Nom inconnu.

— Elle m'a affirmé qu'elles étaient passées devant un phare, se souvint Beth. Essaie Eastham et Chatham. Il y en a un dans chaque ville. Commence par Chatham. Ma cousine va toujours là où il y a de l'argent.

— Rue Marsala, allez, rue Marsala ! s'impatienta Ivy.

— Rue Morris Island ! s'exclama Beth brusquement. Elle articulait tellement mal que, si ça se trouve, c'est ça qu'elle m'a dit. Je crois qu'il y a un endroit à Chatham qui porte ce nom.

Ivy interrogea le GPS. Un tracé surligné apparut sur l'écran.

— Il faudrait peut-être inventer un appareil qui sache interpréter les prononciations d'ivrogne, annonça Beth, soulagée. C'est là, au sud du phare.

Ivy quitta l'allée en cailloux et coquilles concassées de l'auberge, puis tourna sur la rue Cockle Shell.

— Je sais aller jusqu'au phare. Will et moi nous y sommes promenés ce soir.

Elle trouva son chemin à travers le village sans difficulté. Une fois sur la route 28, elle s'autorisa à dépasser la limite de vitesse, rassurée qu'il soit vingt-trois heures cinquante et que la foule des visiteurs du week-end ait disparu.

— Je tordrais le cou à ma cousine avec plaisir, maugréa Beth. Avec grand plaisir.

— Essaie de l'appeler.

— Je l'ai déjà fait. Elle ne répond pas.

— Alors, essaie Dhanya. On a encore besoin d'une adresse.

Pendant que Beth composait le numéro, Ivy se remit à penser à Will. Il ne serait pas satisfait de découvrir qu'elle n'avait pas fait appel à lui. Mais elle ne voulait plus lui demander de l'aide ; il en avait déjà tant fait, alors qu'elle, même quand il l'embrassait, rêvait de…

— Elle ne décroche pas, déclara Beth.

— Insiste.

Elles dépassèrent la zone commerçante de Chatham, puis le phare. De chaque côté, la route était bordée de maisons, dont la plupart des fenêtres étaient plongées dans le noir.

— On devrait bientôt arriver à Stage Harbor, annonça Beth, les yeux fixés sur l'écran du GPS. C'est là, à droite. Cette route mène directement à Morris Island.

Une minute plus tard, elles pénétraient dans la partie boisée de l'île où se cachaient de nombreuses propriétés. Les phares d'Ivy éclairaient une route étroite et sinueuse qui serpentait entre les arbres.

— Je continue ? demanda-t-elle en jetant un coup d'œil à la carte sur l'écran du GPS. Cette île n'est pas si grande que ça. Elle ne compte que quelques rues. Si on avance lentement, on entendra peut-être les bruits de la fête.

Elles baissèrent leur vitre. Chaque fois qu'Ivy percevait des lumières, elle ralentissait, l'oreille aux aguets. La route sur laquelle elles se trouvaient se termina bientôt en impasse devant deux allées de garage. Ivy fit demi-tour, pendant que Beth tentait une nouvelle fois de contacter Dhanya.

— Je l'ai ! murmura-t-elle soudain à Ivy. Dhanya ? Écoute-moi. On est tout près. Est-ce que tu as l'adresse ? Non ? Débrouille-toi ! Demande à quelqu'un ! Qui a organisé cette fête ? Ils doivent bien savoir où ils habitent quand même ! C'est incroyable ! s'écria Beth en se tournant vers Ivy. Elle ne connaît même pas la personne dont elles sont en train de boire tout l'alcool.

Ivy secoua la tête d'agacement. Non seulement aucun nouvel indice ne se présentait à elles sur cette route qu'elles venaient d'inspecter en sens inverse, mais elle appréhendait aussi le retour à l'auberge avec Dhanya et Kelsey.

— Ivy, attention !

Des phares venaient de surgir de nulle part. Le chauffeur fou conduisait comme s'il était tout seul. Ivy mit le pied au plancher, mais comprit vite qu'immobiliser sa voiture ne suffirait pas. Il fallait qu'elle évite l'autre, or la voie n'était pas assez large pour le lui permettre. Aussi, elle accéléra, dans l'espoir de pouvoir atteindre une allée de garage à temps.

— Oh, non ! hurla Beth.

Ivy braqua violemment le volant vers la droite. Le nez de la voiture se souleva, puis le monde de la nuit et des arbres se mit à tournoyer.

« Beth ? Beth ? »

La voix de Dhanya, imperceptible et lointaine, retentit dans le téléphone qui s'en allait rebondir à terre.

La voiture, côté conducteur, avait percuté une masse dure. La tôle s'incurva vers l'intérieur. Avant de pouvoir crier, Ivy sombra dans un trou noir.

Chapitre 4

Pendant un long moment, Ivy n'eut conscience que de l'obscurité. Elle avait le sentiment que le poids de la nuit s'était abattu sur elle. Mais, subitement, la pression diminua.

— Beth ? Beth, ça va ?

Son amie battit des paupières.

— Beth, Dieu merci, souffla Ivy, soulagée. Il faut qu'on sorte de cette voiture. Mon côté est enfoncé, on va essayer par le tien, d'accord ?

Beth la fixa sans réagir.

— Beth, tu m'entends ? lui demanda Ivy d'une voix hésitante.

Le même mur de silence lui répondit.

— Je vais t'aider, reprit Ivy en tentant de se soulever.

Elle était bloquée.

— En fait, c'est peut-être toi qui vas devoir le faire. Je ne peux pas bouger.

Beth continuait de la regarder avec un air d'incompréhension totale.

— Beth, je t'en prie, réponds-moi !

Beth ouvrit la bouche, et hurla, hurla, hurla encore.

— Tout va bien, calme-toi, tenta de la rassurer Ivy.

Beth sanglotait maintenant.

— On va s'en sortir, insista Ivy. Oh, anges, aidez-nous ! Tristan, à l'aide ! Tristan, on a besoin de toi !

Ce qui la retenait prisonnière la libéra soudain.

— Ah, le problème est réglé, dit-elle.

Elle voulut poser la main sur l'épaule de Beth et eut un mouvement de recul. Elle ne sentait rien sous ses doigts. Elle réitéra, pour constater avec stupéfaction qu'ils passaient au travers de son amie. Elle comprit alors pourquoi Beth avait crié, pourquoi elle pleurait.

Ivy n'occupait plus son enveloppe charnelle, elle ne pesait plus rien. Aussi légère qu'un rayon de lune, elle s'éleva peu à peu vers le ciel. Elle regarda en contrebas et vit son propre corps dans l'amas de tôle qu'était désormais sa voiture. Le coussin de l'airbag était gonflé et la structure métallique du pare-brise, enfoncée. Sa tête ensanglantée reposait sur ce dernier.

Ivy eut mal. Elle ne voulait pas quitter de cette façon les êtres qu'elle aimait. Alors qu'une brume nocturne enveloppait graduellement l'épave dans laquelle Beth se trouvait toujours, un autre véhicule démarra en trombe avant de disparaître dans la nuit. Puis terre et mer se fondirent dans les ténèbres et seule la nostalgie de ne pas avoir pu dire au revoir relia désormais Ivy au monde qu'elle quittait. Elle prononça les noms de ceux qu'elle aimait en demandant aux anges de veiller sur eux :

— Philip, maman, Andrew, Beth, Will, Suzanne... Tristan.

— Mon amour.

Ivy se figea au centre d'une cathédrale d'étoiles comme si le temps s'était arrêté.

— Tristan ?

— Mon amour.

— Tristan ! répéta Ivy en fermant les yeux pour que sa voix retentisse plus fort en elle. C'est vraiment toi ? Est-ce possible ? Oh, Tristan, jusque dans la mort, je te veux à mes côtés !

— Jusque dans la mort, mon amour.

— Pour toujours, Tristan.

— Pour toujours, Ivy.

Un halo d'or scintillant l'enveloppa.

— Tu m'avais dit que je devais tourner la page, murmura Ivy, pleurant de l'avoir perdu et riant de le retrouver. Tu m'avais dit que j'étais destinée à un autre amour, mais je n'ai pas réussi à t'oublier.

— Moi non plus.

— Tu es dans mon cœur chaque jour, chaque heure.

— Toi aussi.

— Ne me quitte pas, Tristan, l'implora-t-elle. Je t'en supplie, ne me quitte pas encore une fois.

Elle sentit sa chaleur autour d'elle.

— J'ai besoin de toi, sanglota-t-elle.

— Je serai toujours là pour toi, Ivy.

Il posa un baiser sur ses lèvres.

— Ne me laisse pas ! s'écria-t-elle.

— Je serai toujours là pour toi, je te le promets, répéta-t-il.

Son amour irradia jusque dans les moindres recoins de sa personne et la pureté de sa passion l'embrasa. Puis, soudain, Ivy sentit battre son cœur dans sa poitrine, battre à un rythme effréné pareil à celui d'un oiseau pris en cage.

Tristan relâcha son étreinte.

Chapitre 5

— Vous vous souvenez d'autre chose ? s'enquit la femme policier.

Ivy contempla la pâleur de l'aube au-delà de la fenêtre de sa chambre d'hôpital.

— Non, c'est tout. La voiture… le véhicule, se corrigea-t-elle pour reprendre le terme que la femme avait utilisé, est arrivé droit sur nous. Il aurait été inutile que je freine. Il allait trop vite. Il fallait que je l'évite.

— Il ?

— Ou elle. Ou eux. De front comme ça, et dans le noir, je n'ai remarqué que les phares.

Elle ne révéla pas que, depuis le ciel, elle avait effectivement vu ce qui ressemblait à une autre voiture. Or comment faire comprendre qu'elle avait survolé la scène de l'accident ? Elle-même le concevait difficilement ; elle savait ce qui s'était passé, plus qu'elle ne se l'expliquait.

Dès qu'elle avait repris connaissance, elle s'était sentie extraordinairement légère, alors même que son corps lui paraissait lourd et encombrant. Depuis, elle s'accrochait au souvenir de la présence de Tristan, pour qu'il n'échappe pas à sa mémoire de mortelle.

— Est-ce que vous avez la moindre idée du bruit que faisait le moteur du véhicule ? insista l'enquêtrice.

Brusquement ramenée à la réalité, Ivy scruta la femme d'un air absent. Cette dernière répéta sa question.

— Non, finit par murmurer Ivy. Beth m'a hurlé de faire attention. C'est tout ce que je me rappelle.

Elle lui avait déjà raconté pourquoi Beth et elle se trouvaient sur cette route. Suite à sa déclaration, on les avait soumises toutes deux à un test de toxicologie.

Andy entra dans la chambre. Le visage avenant de l'infirmier de garde avait été la première image consciente d'Ivy. Conduite à l'hôpital de cap Cod six heures plus tôt, elle avait en effet oublié son passage aux urgences. On lui avait rapporté après coup que Beth, Will et tante Cindy s'étaient relayés à son chevet en dormant à tour de rôle sur les canapés de la salle d'attente. Quant à sa mère, elle était en route.

— Ivy a eu une nuit difficile, intervint Andy.

— J'ai fini, le rassura la policière en se levant. Je reprendrai contact avec vous si j'ai d'autres questions à vous poser, ajouta-t-elle à l'intention d'Ivy. D'ici là, prenez bien soin de vous.

Andy vérifia ses signes vitaux sur l'écran du monitoring.

— Une miraculée ! s'exclama-t-il d'un air incrédule. Je commence ma semaine de travail avec une miraculée. C'est formidable !

Il était bronzé, avait des cheveux blond-roux et des pattes-d'oie quand il souriait. Ivy lui donnait entre quarante et quarante-cinq ans.

— Les constantes sont bonnes, lui dit-il. Comment te sens-tu ?

— Très bien.

— Tu ne me joues pas la comédie, j'espère ?

— Non. Enfin… peut-être un peu, concéda-t-elle. Je n'ai droit à rien d'autre pour le petit déjeuner ?

Il vint soulever la cloche qui recouvrait son assiette et découvrit qu'elle était aussi vide que le reste du plateau.

— Tu ne te moques pas de moi, admit-il. Tu sais, si les gens apprennent la nouvelle, l'hôpital sera envahi de pèlerins de toutes sortes de religions qui voudront apposer leur main sur ta tête. Je ne comprends absolument pas comment ton hémorragie au cuir chevelu a pu s'arrêter, ni comment ton taux d'hémoglobine peut s'être normalisé étant donné la quantité de sang que police secours dit avoir trouvé dans ta voiture. Mais la réalité est là. Le médecin affirme avoir déjà rencontré un cas similaire au tien, si ce n'est que, entre toi et moi, lui confia-t-il en baissant la voix, le gars est tellement imbu de sa personne qu'il n'acceptera jamais de dire que certaines choses lui échappent ou dépassent le cadre de la médecine.

« Comme les anges », pensa Ivy. Tristan l'avait-il guérie ? L'avait-il sauvée ?

— Bref, reprit l'infirmier. Tu as de la visite. Je fais passer maman et petit frère en premier ?

— Oui, s'il vous plaît.

Andy alla ouvrir la porte, puis revint sortir des mouchoirs en papier du tiroir de la table de nuit.

— Vous risquez d'en avoir besoin, dit-il à Ivy en posant la boîte sur le meuble.

— Oh, mon bébé ! s'exclama Maggie en surgissant dans la chambre, Philip sur les talons.

Andy ne s'était pas trompé. Après les effusions, et quelques poignées de mouchoirs plus tard, Ivy déclara :

— Heureusement que tu n'avais pas d'eye-liner, maman.

— Ni de rouge à lèvres, ou de cette poudre qu'elle se met sur les joues, ajouta Philip dont les yeux, verts comme ceux d'Ivy, étaient rouges d'avoir pleuré. Elle a tout laissé à la maison.

Un événement, puisque Maggie se séparait rarement de sa trousse de maquillage.

— Je suis désolée de t'avoir fait peur, maman, s'excusa Ivy.

— Elle en a même oublié son peigne, poursuivit Philip. C'est pour ça qu'elle est si mal coiffée.

Maggie s'ébouriffa les cheveux d'un air embarrassé.

— Je ne pensais qu'à toi, ma chérie, bredouilla-t-elle. D'ailleurs, je t'ai apporté de quoi t'habiller.

Ivy tressaillit.

— C'est une chance que tu n'aies pas beaucoup porté la chemise de nuit et le peignoir que je t'ai offerts à Noël dernier. Ils ont l'air encore tout neufs.

C'était en grande partie vrai. Suzanne, une amie d'Ivy qui passait l'été en Europe, lui avait suggéré de garder l'ensemble pour le bal de fin d'année au lycée, ou comme déguisement d'Halloween. Bien sûr, il était loin d'être aussi ridicule que la robe de demoiselle d'honneur que Maggie avait voulu que sa fille porte pour son mariage avec Andrew. Chaque fois qu'Ivy regardait une photo d'elle prise ce jour-là, elle ne voyait qu'une Scarlett O'Hara qui aurait été plongée dans un seau de paillettes. Les seuls clichés qui lui procuraient du plaisir étaient ceux rassemblés pêle-mêle à la fin de l'album officiel du mariage. Parmi eux, en effet, se trouvait une photo de Tristan habillé en serveur, prise au moment où les légumes qu'il portait sur un plateau s'étaient envolés dans les airs avant de retomber en pluie sur la procession des mariés et de leurs témoins…

— Ivy, tu m'écoutes ? lui demanda sa mère. Est-ce que tu veux que je t'aide à enfiler cette chemise de nuit ?

— Le peignoir suffira.

À l'image de la robe du mariage, ce dernier était fait d'un tissu rose vaporeux à froufrous.

— Ah, très bien ! Regarde, ça te redonne des couleurs, déclara sa mère.

Philip s'amusa un moment avec les nombreuses plumes qui ornaient le vêtement, puis ouvrit la fermeture Éclair de son sac à dos.

— Et moi, je t'ai apporté deux cadeaux.

— Une casquette des Yankees, merci ! s'exclama Ivy en la coiffant. Je suis sûre que le personnel de l'hôpital va m'adorer au pays des Red Sox !

Philip lui présenta alors son second cadeau, une pièce, qu'il laissa tomber dans la main de sa sœur. Dorée, de deux centimètres et demi de diamètre, elle arborait sur chaque face un ange aux ailes déployées.

— Je l'ai reçue par la poste, dit Philip.

— Ça fait partie d'une campagne d'appel aux dons mise au point par une œuvre de bienfaisance religieuse, expliqua Maggie.

— Elle est magnifique, merci, Philip. Je vais la garder juste là, à côté de mon lit.

— J'allais oublier, reprit son petit frère. Papa m'a demandé de te faire un câlin, spécifia-t-il en joignant le geste à la parole. Il est à Washington pour une conférence.

Ivy sourit de son accolade, qui imitait Andrew à la perfection. Quelques mois plus tôt, Philip avait décidé d'appeler ce dernier « papa ». Il était assez jeune pour un tel ajustement, d'autant qu'il n'avait aucun souvenir de son père biologique.

— Et comment se porte Bras de Tarentule ? s'enquit Ivy. Tu vas lui manquer aujourd'hui, non ?

— Demain aussi, déclara Philip d'un air satisfait. On dort ici.

— Maman, ce n'est pas nécessaire ! Je vais bien. Regarde, ça se voit !

— Peut-être, mais c'est moi qui ne vais pas bien, lui rétorqua Maggie. De toute façon, c'est trop tard, j'ai réservé une chambre à l'auberge Seabright.

— Et Will va m'emmener faire du kayak, annonça Philip.

— Vraiment ?

— Oui, et il va nous acheter des cannes à pêche.

— Formidable.

— En plus, il a repéré un super vendeur de cerfs-volants sur la route 28.

Ivy lui sourit, quoiqu'elle ait la gorge serrée. Philip adorait Will, comme il avait adoré Tristan. Si Will et elle se séparaient… Elle décida de ne pas y penser.

— On devrait le laisser entrer, décida Maggie. Il est vraiment bouleversé. Il a vu ta voiture avant que la dépanneuse l'emporte. D'une certaine façon, je crois qu'il a eu plus peur que toi.

— Oui, je m'en doute, admit Ivy. Dis-lui qu'il peut entrer avec Beth.

— Ensemble ? s'étonna sa mère.

— Oui, bien sûr.

À peine Philip et Maggie sortis, Beth se rua dans la chambre et se jeta sur Ivy, avant de se redresser aussi vite.

— Je t'ai fait mal ?

— Rien ne me fait mal, lui répondit Ivy en lui ouvrant les bras.

Will avait suivi Beth en silence. Ivy pencha la tête pour lui adresser un sourire.

— Je n'arrive pas à croire que tu t'en sois sortie indemne, murmura Beth en effleurant délicatement son amie juste au-dessus de la tempe. Dans la voiture, quand je t'ai regardée…

Elle frissonna.

— J'aimerais bien pouvoir me sortir cette image de la tête. Je… je ne vois pas comment j'aurais pu l'imaginer.

Ivy étudia le visage de son amie, désireuse de savoir ce qu'elle avait vu et impatiente de partager avec elle sa propre expérience. Beth était médium. Avait-elle perçu quelque chose ? Ivy aurait tant aimé qu'on lui confirme que l'étreinte de Tristan n'avait pas été qu'un rêve. Toutefois, Beth semblait confuse et inquiète.

— Pauvre Beth, tu as l'air en plus piteux état que moi, lui fit remarquer Ivy. Tu vas bien ?

— Oui, oui, marmonna Beth.

— Je n'ai aucun souvenir de mon passage aux urgences. J'espère qu'ils t'ont examinée, toi aussi ?

— Oui. J'ai subi un choc, c'est tout.

— Qui s'accompagne d'un énorme mal de tête, intervint enfin Will, qui s'était approché. J'essaie de la convaincre d'y aller doucement.

Ivy se demanda s'il pouvait lire dans ses pensées. Devinait-il que Tristan y était plus présent que jamais ? Peut-être que non. Elle lui tendit la main, qu'il enserra dans les siennes. Ivy les connaissait si bien. Elle en aimait les doigts longs et forts, ainsi que les taches de peinture qui les barbouillaient.

— Je n'ai jamais eu aussi peur de ma vie, déclara-t-il d'une voix tremblante.

— Oh, Will, je suis désolée.

Il contourna le lit et, à son tour, passa avec précaution un bras autour d'Ivy.

— Hé, je ne suis pas en sucre, et je crois que je l'ai prouvé, lui murmura-t-elle en le serrant fort contre elle.

Sans comprendre pourquoi, elle sanglota. Comme il l'avait toujours fait, Will sécha ses larmes d'un geste aimant.

« Je serai toujours là pour toi », lui avait dit Tristan, et il venait encore de le prouver ; sa promesse était comme incrustée dans le cœur d'Ivy. Mais l'avait-il ressuscitée uniquement pour la renvoyer vers Will avec sa bénédiction ?

Elle attrapa un mouchoir en papier.

— L'infirmier Andy pense à tout, tâcha-t-elle de plaisanter. Servez-vous.

— Merci… répondit Beth.

Toutes deux se mouchèrent en chœur avant d'éclater de rire au bruit qu'elles avaient fait.

— Je suppose que ta mère t'a apporté ton joli peignoir, ajouta Beth, la voix étranglée par les rires autant que par les pleurs.

Quelqu'un frappa un coup bref à la porte, et la tête d'Andy apparut dans l'entrebâillement.

— Bon, ma belle miraculée, lança-t-il en entrant avec un fauteuil roulant dont il tapota le siège. Je vais devoir renvoyer tes fans, tu es attendue au scanner.

Les trois amis échangèrent des embrassades.

— Tâche de dormir, recommanda Beth à Ivy.

— Je reviendrai cet après-midi, suggéra Will.

— Ce n'est pas la peine, lui répondit Ivy. À mon avis, je ferai la sieste. Si tu souhaites vraiment me rendre service, j'adorerais que tu t'occupes de Philip une fois que tu te seras reposé.

— Comme tu veux, lui répliqua Will d'un air froissé.

— Merci.

Une fois Beth et lui partis, Ivy se tourna vers Andy qui était resté le doigt pointé vers le fauteuil roulant.

— Je préfère marcher, annonça-t-elle.

— Désolé, mais, dans ton état, le règlement l'interdit.

— Je me sens bien ! insista Ivy. Je pourrais parcourir des kilomètres à pied ou à vélo.

— D'accord, d'accord. Quand personne ne regardera, je te laisserai faire une roue arrière.

— Marché conclu !

Chapitre 6

« Je serai toujours là pour toi, Ivy… Toujours là pour toi… Je serai toujours… »

— Je serai à vous dans une minute.

L'infirmière s'adressait à un malade. Ivy ouvrit instantanément les yeux et regarda la pendule de l'hôpital. Seize heures douze. Le visage enfoui dans les mains, elle se désespéra. Ça recommençait. Durant des mois après la mort de Tristan, chaque fois qu'elle avait le bonheur de rêver de lui, elle s'éveillait avec la douleur qu'elle avait ressentie le jour de sa disparition.

Cet après-midi-là, Ivy savait qu'elle venait de rêver. « Mais pas la nuit dernière », se dit-elle. L'expérience s'était révélée différente – elle avait eu le goût de la réalité.

— Salut, la miraculée !

La porte de la chambre s'en alla claquer contre le mur.

— Tu savais que c'était ton surnom ici ? lança Kelsey en entrant.

Dhanya la suivait, un sac plastique à la main.

— Bonjour, Ivy, murmura-t-elle d'une petite voix timide.

— C'est pas vrai ! s'exclama Kelsey, qui venait de remarquer le peignoir rose jeté sur le dossier du fauteuil roulant.

— Un cadeau de ma mère, précisa Ivy avec un sourire. La chemise de nuit assortie est dans le placard.

L'expression préoccupée de Dhanya céda la place à un gloussement à la vue de ce vêtement que Kelsey brandissait.

— J'ai envie de marcher, lança Ivy en balançant les jambes en bas du lit.

— Attends, je vais t'aider, s'empressa de lui proposer Dhanya.

« Si tu savais comme je suis désolée, Ivy ! s'épancha-t-elle alors. Je n'aurais jamais dû appeler Beth pour qu'elle vienne me chercher. Je suis responsable de ce qui t'est arrivé. Je m'en veux tellement. Tu aurais pu mourir par ma faute. Si je n'avais pas…

— Arrête, Dhanya ! l'interrompit Ivy. Tu as eu raison d'appeler Beth. Toi… et Kelsey… ajouta-t-elle lentement en attendant que cette dernière reconnaisse par un regard qu'elle avait joué un rôle majeur dans cette histoire… toi et Kelsey pouvez être accusées d'avoir trop bu. Mais pas d'avoir provoqué un accident. Il n'a rien à voir avec vous. D'accord ?

Dhanya hocha la tête, tandis qu'une grosse larme roulait le long de sa joue.

— Garde tes pleurs pour ce soir, Dhanya ! lui reprocha Kelsey, avant d'expliquer à Ivy : Non seulement tante Cindy nous a mises en liberté conditionnelle, mais elle a aussi organisé une conférence téléphonique sur Skype avec nos parents.

Elle s'en alla ouvrir le placard.

— Dhanya, viens voir ça ! reprit-elle en sifflant. Tu peux te rhabiller avec tes robes de princesse à la Disney ! Tu as déjà vu ses robes de mariée ? demanda-t-elle à Ivy.

Elle n'a pas de copain, mais elle persiste à chercher la tenue qu'elle mettra le jour de son mariage.

— Kelsey, ça suffit, la somma Dhanya d'une voix calme malgré ses joues cramoisies.

Sans prêter attention à sa remarque, Kelsey décrocha la chemise de nuit de son cintre et proposa d'un ton narquois :

— Tu veux l'essayer ?

— Après toi, rétorqua Dhanya d'un ton sec.

Kelsey ne se fit pas prier. En moins de temps qu'il n'en faut pour le dire, elle avait ôté tee-shirt et short, et l'enfilait sur son bikini. Bâtie comme Serena Williams, elle avait un physique à la fois impressionnant et déroutant.

— Allons au solarium, suggéra-t-elle. Mets ton peignoir, Ivy, on va faire comme si on était des jumelles.

— Celui-ci te plaira peut-être davantage, intervint Dhanya en tirant du sac un peignoir vert pâle.

— Oh, merci ! répondit Ivy avec gratitude en se glissant aussitôt dans le vêtement que Dhanya lui présentait.

Sans se laisser décontenancer, Kelsey attrapa son téléphone portable dans la poche de son short et annonça :

— Je suis prête !

Toutes trois sortirent de la chambre, Ivy installée dans le fauteuil roulant que Dhanya poussait, pendant que Kelsey paradait à leurs côtés. S'exhibant sans aucune gêne, elle salua les malades dans leur chambre, puis le personnel soignant rassemblé dans le bureau des infirmiers. On aurait dit la reine d'un défilé de carnaval. Ivy ne put s'empêcher de rire.

Au bout du couloir, une porte à double battant ouvrait sur le solarium, qui s'avéra une oasis paisible où s'isoler du bruit de fond des conversations ainsi que des sonneries électroniques des divers équipements de l'hôpital. Dans cette salle où la chaude lumière du soleil remplaçait la luminescence froide des pièces médicalisées, les fauteuils en osier, les fougères et les pots de géraniums rouges donnèrent à Ivy l'impression d'être assise sur une terrasse.

— Il n'y a personne, constata Dhanya. Tu veux t'asseoir près de la fenêtre ?

— Parfait, déclara Ivy.

Une fois le fauteuil roulant positionné, Dhanya approcha un rocking-chair blanc, dans lequel, tel un chat, elle se lova élégamment. Kelsey, elle, s'était étendue sur une banquette en osier aux lignes courbes, où elle entreprit de consulter les messages reçus sur son portable.

— Bon, lança-t-elle après avoir pianoté sur les touches un moment. Ivy, il faut que je te décrive les gars qu'on a rencontrés. Mets-toi en mode « mignons et riches ».

— D'accord.

— Plus riches que mignons, rectifia Dhanya.

— Et alors ? Leurs voitures sont mignonnes. Leurs bateaux aussi, commenta Kelsey avec un haussement d'épaules.

— Oui, s'ils en ont vraiment et qu'ils ne t'ont pas menti, comme toi, tu l'as fait avec eux, répliqua Dhanya.

— Je n'ai pas menti, j'ai enjolivé la vérité.

— Une chose est sûre, poursuivit Dhanya à l'adresse d'Ivy, c'est que la maison était réellement fabuleuse. Il y a donc effectivement quelqu'un dans ce groupe qui a de l'argent. Le problème, c'est qu'on ne sait pas qui.

— Pff… souffla Kelsey avec condescendance. Je le sais parfaitement. C'est facile à découvrir quand on parle. Ton problème, c'est que tu ne dis rien. Quelle snob tu fais, quand même ! Tu veux l'argent, l'apparence et la classe. Tu passes trop de temps avec tes parents.

Ivy tâcha de se remémorer ce que Beth lui avait dit de la famille de Dhanya. Il lui semblait que sa mère était issue d'une famille indienne très fortunée, qu'elle avait émigré aux États-Unis pour étudier à l'université, où elle était tombée amoureuse d'un Américain, devenu avocat, si elle se souvenait bien.

— Oui, je place la barre haut, rétorqua Dhanya. Pourquoi se contenter de moins si on peut avoir ce qu'on désire ?

Elle avait posé la question en regardant Ivy. Cette dernière sourit discrètement sans prendre parti, bien qu'elle ait été d'accord avec Dhanya.

— Comme tu veux, lui répondit Kelsey. Le fait est que, maintenant, je sais sur quelle plage ils vont et…

Elle leva soudain la tête vers l'entrée du solarium.

Dhanya suivit son regard.

— Kelsey, Ivy n'est pas dans la course, d'accord ? dit-elle à son amie.

— Je sais, mais ce n'est pas une raison pour ne pas profiter du spectacle, souffla cette dernière en invitant Ivy du menton à se tourner.

— Et si je n'en ai pas envie ? la taquina Ivy.

— Oh, arrête ! Tu n'es pas encore mariée ! lança Kelsey.

Elle venait de se redresser pour poser un pied sur la banquette et présenter ainsi une jolie vue sur les courbes de sa jambe. Bien qu'Ivy ait été curieuse de savoir à qui s'adressait ce spectacle provocateur, elle se retint de vérifier.

— Salut ! lança Kelsey. Ne sois pas timide. Viens nous rejoindre !

— J'allais partir.

La personne qui avait attiré l'attention de Kelsey avait une voix grave.

— Tu viens juste d'arriver, s'étonna-t-elle, le visage éclairé d'un large sourire.

« Pauvre garçon, songea Ivy. Il voulait certainement se reposer. »

— Ne te laisse surtout pas intimider par ma tenue, elle appartient à ma copine, poursuivit Kelsey en pointant le doigt vers Ivy. Si tu trouves que ça, c'est sexy, tu devrais voir ce qu'elle met à la plage !

— Kelsey ! s'écria Ivy, à bout de patience.

Là-dessus, prête à se défendre si nécessaire, elle se retourna vivement. Et resta bouche bée. Les yeux bleus intenses qui la dévisageaient ne semblaient pas avoir réagi aux remarques aguicheuses et puériles de Kelsey. Ils paraissaient à la fois hagards et méprisants, comme si l'individu auquel ils appartenaient avait vécu un terrible événement et tiré de ce dernier un enseignement que ni elle ni ses deux amies n'auraient jamais.

Ivy resta immobile, envoûtée. Le visage de l'inconnu, assombri par une barbe de plusieurs jours, était marquant plus que beau, même si elle ne doutait pas que, rasé de près et souriant, il pourrait briser le cœur de n'importe quelle fille.

Sans dire un mot, le garçon fit pivoter son fauteuil roulant et ressortit du solarium.

— Déjà ? retentit la voix d'Andy dans le couloir. Comme tu voudras.

— Je suis sûre que c'est lui, chuchota Dhanya à Kelsey. Tu sais, le gars dont ils parlaient à l'accueil quand on a demandé où se trouvait la chambre d'Ivy.

— Celui qu'ils ont sorti de l'océan à Chatham ?

— Je croyais qu'ils l'avaient trouvé inconscient sur la plage.

— Peu importe. Pour en arriver là, c'est que la fête à laquelle il participait était nettement plus déjantée que la nôtre, en déduisit Kelsey. Il refuse de leur raconter ce qui s'est passé, et comment il a atterri sur cette plage, expliqua-t-elle à Ivy. Il ne leur a toujours pas dit non plus comment il s'appelait.

— Ce n'est pas qu'il ne veut pas leur dire, la corrigea Dhanya. Il ne peut pas. Il ne se souvient de rien.

— Enfin, c'est ce qu'il prétend.

— Quel est son problème ? s'enquit Ivy.

— Pour moi, il n'en a aucun, décréta Kelsey. Si ce n'est qu'il est mal élevé, mais, étant donné le regard qu'il a, je lui pardonne.

— Je voulais savoir pourquoi on l'avait hospitalisé, précisa Ivy. Pour une raison autre que l'amnésie ?

Kelsey se tourna vers Dhanya, mais celle-ci ne répondit que par un haussement d'épaules silencieux.

— Ça n'a aucune importance, conclut Kelsey. Par contre, ça prouve que Chatham est vraiment l'endroit où il faut aller.

— On a notre propre plage à l'auberge, lui rappela Ivy.

— Tu sais quoi ? Il faudrait peut-être que tu arrêtes de penser à toi et que tu considères un peu Beth.

— Pardon ? s'exclama Ivy, déconcertée.

— Tu connais ma cousine, elle ne viendra à Chatham que si Will et toi y allez aussi. Il lui faut un petit copain. Elle est beaucoup trop attachée à vous.

Les sourcils froncés, Ivy tâcha de soupeser la part de vérité dans cette affirmation.

Kelsey, elle, avait déjà reporté son attention sur ses SMS.

— Tu peux toujours courir, marmonna-t-elle en réponse à un message. Supprimé. Celui-ci, aussi. Et celui-là, pareil. Dhanya, tu es prête ?

Dhanya se posta aussitôt derrière le fauteuil roulant d'Ivy.

— Je retournerai dans ma chambre toute seule, lui dit celle-ci. J'ai envie de rester encore un peu au soleil.

Dhanya sortit de son sac à main un tube de crème solaire au beurre de cacao qu'elle lui tendit.

— Mets ça, ferme les yeux, et tu auras l'impression d'être à la plage.

— Hum… c'est nettement mieux que les désinfectants qu'ils utilisent ici. Merci, Dhanya.

— Il faut que j'aille récupérer mon tee-shirt et mon short, annonça Kelsey en se levant. Je te laisserai cette magnifique chemise de nuit sur ton lit, ajouta-t-elle en virevoltant jusqu'à la porte.

— Merci pour la visite ! lui lança Ivy.

— Reviens-nous vite, lui murmura Dhanya en la prenant délicatement dans ses bras, avant de sortir sur les pas de Kelsey.

Une fois seule, Ivy fit rouler son fauteuil devant une autre fenêtre protégée par un îlot de plantes vertes. Elle resta là longtemps, à contempler les arbres et les bâtiments à quelque distance de l'hôpital. Distance… Ivy repensa à la nuit précédente. Comment pouvait-elle croire qu'un être passé dans l'au-delà l'avait embrassée, et se sentir à des lieues d'une personne en chair et en os avec qui elle échangeait quotidiennement des baisers ? « Les souvenirs sont une vraie malédiction », conclut-elle. Si elle n'en avait gardé aucun de Tristan, elle aurait été capable d'aimer Will comme il le méritait.

Un long moment plus tard, enfin prête à regagner sa chambre, elle braqua les roues de son fauteuil pour le diriger vers la sortie. C'est alors qu'elle le vit. Revenu sans faire de bruit, l'inconnu s'était installé à l'autre bout de la salle. Leurs regards se croisèrent. Aussitôt, il détourna le sien, avant de regarder Ivy à nouveau, mais d'un air si éperdu qu'elle sut sans hésitation qu'il ne jouait pas la comédie. Il semblait obsédé par ce qu'il avait oublié.

Ivy arrêta son fauteuil à un ou deux mètres de lui.

— Les souvenirs peuvent être aussi douloureux que l'absence de mémoire, fit-elle.

Le visage du garçon se rembrunit.

— Ah bon ? Et qu'est-ce que tu en sais ?

Sa remarque était sensée ; elle ne ressentait pas sa douleur, pas plus que lui ne ressentait la sienne. En outre, il n'avait manifestement aucune envie de se pencher sur le sujet. Il ne servait donc à rien de vouloir échanger ses impressions avec lui.

Aussi lui répondit-elle sèchement :

— Libre à toi de penser ce que tu veux.

Sur ce, elle sortit.

Chapitre 7

Le mardi matin, Ivy quitta l'hôpital.

— Je t'expédierai d'autres vêtements d'été dès que je serai rentrée à la maison, lui dit sa mère alors qu'elles attendaient qu'Andy leur apporte les papiers de sortie.

— C'est gentil, maman, mais on n'a pas beaucoup de place au *cottage*. La seule chose dont j'ai vraiment besoin, c'est d'une nouvelle paire de tennis.

Celles qu'elle avait aux pieds la nuit de l'accident étaient couvertes de sang, tout comme la tenue qu'elle portait. Le personnel du service des urgences les avait rassemblées dans un sac et montrées à Ivy, qui les avait contemplées avec incrédulité avant de demander qu'on les jette. Leur état n'avait fait que la renforcer dans sa conviction que Tristan l'avait sauvée. Comment, sinon, aurait-elle survécu à ses blessures ?

— Toutes les affaires que tu as prises se ressemblent, ma chérie ! déplora Maggie. Laisse-moi en emporter quelques-unes et je t'en renverrai de plus jolies.

Lorsqu'elle parlait chiffons, la mère d'Ivy était intarissable. Il fallut l'apparition de Philip pour qu'elle change de sujet.

— Mais où étais-tu ? s'étonna-t-elle en le voyant entrer dans la chambre.

— Tu m'as dit d'aller dans le couloir le temps qu'Ivy se change. J'attendais que tu me dises de revenir, lui répondit Philip en venant coiffer sa sœur de la casquette des Yankees qu'il lui avait apportée.

Ivy éclata de rire.

— J'ai donné ta pièce à un monsieur, lui confia-t-il. Tu ne m'en veux pas ?

— Bien sûr que non ! lui répondit Ivy. Je suis certaine que beaucoup de personnes ont besoin d'un ange gardien dans cet hôpital.

— Je lui ai dit qu'il pouvait adresser sa prière à Tristan.

Ivy frémit. Philip n'avait jamais cessé de parler de lui. Il avait compris et accepté le fait qu'il soit devenu un ange bien avant qu'elle-même n'embrasse cette réalité. La foi renouvelée de Philip en Tristan la choqua tout autant qu'au premier jour où il lui avait mentionné la présence parmi eux de celui qu'elle avait aimé. Et si elle avouait à Philip qu'elle l'avait revu, qu'il l'avait serrée dans ses bras…

Non, elle ne voulait pas le perturber.

Andy entra avec les papiers de sortie.

— Eh bien, jeune fille, lui lança-t-il, les yeux pétillants, puisque tu portes cette casquette, je n'ai pas d'autre choix que de te demander de quitter les lieux séance tenante.

Tout en riant de bon cœur, Ivy remercia chaleureusement l'infirmier pour son aide.

Il était midi lorsqu'ils arrivèrent à l'auberge. Comme il y avait peu de clients, le groupe avait terminé ses corvées. Dhanya, en bikini, avait jeté une serviette sur la balancelle, où elle se badigeonnait les jambes de crème solaire. Beth, en short et dos-nu, était installée sur les marches du *cottage*.

— On va à Chatham, annonça Kelsey en agitant son trousseau de clés.

— À la plage du phare ? lui demanda Ivy.

— Encore mieux, lui répondit Kelsey. Sur une plage privée. J'y suis personnellement invitée, et j'ai offert à Dhanya de profiter du fruit des efforts que j'ai fournis dimanche soir à la fête. Tu peux venir, toi aussi, si tu te dépêches.

— Une autre fois peut-être. J'ai un rendez-vous torride qui m'attend avec une mère maniaque du shopping.

— Si elle fournit la carte de crédit, ce n'est pas une mauvaise affaire, commenta Kelsey.

Une fois Dhanya et elle parties, Beth s'adressa enfin à Ivy :

— Tu ne vas pas voir Will ?

— Il doit emmener Philip faire du kayak.

— Justement, je pensais que tu les accompagnerais.

— Non. Maman repart demain et je veux passer un peu de temps avec elle. Par contre, j'ai besoin de te demander quelque chose, déclara-t-elle en invitant Beth à s'asseoir près d'elle sur la balancelle. Après l'accident, est-ce que tu as pensé que j'étais morte ?

Son amie plongea son regard dans le sien. Au bout d'un long moment de silence, elle finit par demander :

— Pourquoi me poses-tu cette question ?

— Est-ce que tu l'as pensé, oui ou non ?

— Oui, mais, visiblement, je me suis trompée.

— Je me rappelle t'avoir dit qu'on devait sortir de la voiture. Tu n'as pas réagi, comme si tu ne m'entendais pas, et, quand j'ai essayé de te toucher, ma main t'a traversée.

Beth ne quittait pas son amie des yeux.

— Ensuite, j'ai eu l'impression que je m'envolais et je me souviens de nous avoir vues toutes les deux d'en haut. Mon corps était comprimé par la tôle.

— Une sortie du corps… balbutia Beth, les yeux ronds de surprise. Plusieurs victimes en état de mort clinique et revenues à la vie ont décrit la même expérience.

— Est-ce que tu as vu quelqu'un me ressusciter ? murmura Ivy en se penchant vers son amie.

Les paupières fermées, cette dernière se frotta le front.

— Non… je n'ai vu personne. Je crois que j'ai perdu connaissance pendant quelques minutes. Quand j'ai rouvert les yeux, j'avais une lampe torche braquée sur moi. J'ai voulu prendre de tes nouvelles, mais on m'a demandé de rester tranquille. On me mettait dans une ambulance. Je ne savais pas où tu étais. Ils ont peut-être fait repartir ton cœur à ce moment-là.

— Non… non, murmura Ivy, une main sur la poitrine, soudain saisie par le souvenir du moment où elle avait senti son cœur se remettre à battre frénétiquement. C'était Tristan, ajouta-t-elle d'une voix tremblante.

— Quoi ?! s'exclama Beth.

— Je crois que c'est Tristan qui m'a sauvée.

Beth eut un mouvement de recul.

— Tu veux dire que, parce que tu l'as appelé, il a fait envoyer les ambulanciers ?

— Non. Je veux dire que c'est Tristan lui-même qui m'a ramenée à la vie. Je l'ai entendu. J'ai senti ses bras autour de moi. Il m'a embrassée.

— Oh, Ivy… souffla Beth en posant une main sur celle de son amie. C'est impossible. Il a rempli sa mission auprès de toi. Tu sais très bien qu'une fois Gregory écarté, il devait partir. La nuit où on a dormi chez toi avec

Suzanne, il t'a dit au revoir juste avant l'aube. C'est toi-même qui me l'as raconté.

— Et maintenant, je t'assure que je l'ai vu dans les minutes qui ont suivi l'accident.

Beth secoua la tête avec obstination.

— Ton esprit l'a interprété de cette façon. Ou bien quelqu'un là-haut t'a offert ce rêve pour te réconforter.

— Je suis sûre que c'était lui.

— Ivy, ne rends pas les choses plus compliquées qu'elles ne le sont déjà ! Tristan n'est plus là.

Ivy se redressa.

— C'est... c'est certainement l'anniversaire de sa mort qui te travaille, reprit Beth d'une voix plus douce. Tout ira mieux quand la date sera passée. Par contre, fais attention à ce que tu dis à Will. Il m'a raconté que... Bref, ne lui fais pas de mal, Ivy. Il souffre beaucoup de te voir si obsédée par le souvenir de Tristan.

À ces paroles, Ivy sentit sa colère monter. Elle n'appréciait pas beaucoup que Beth lui dicte la conduite à adopter avec Will. Elle se reprochait déjà suffisamment de le trahir en pensée !

Elle se détourna, envahie par le sentiment qui l'avait accablée durant des semaines après la mort de Tristan, alors que les membres de son entourage lui donnaient conseil sur conseil concernant la meilleure façon de tourner la page, incapables de comprendre qu'il lui était aussi douloureux de faire revivre Tristan dans sa mémoire que de l'oublier.

— Ivy ! l'appela sa mère depuis la véranda de l'auberge. Tu es prête ? Et si tu venais avec nous, Beth ? Je vous offre une journée entre filles ! Ça me ferait vraiment plaisir de vous acheter quelque chose de joli.

— Non, merci ! lui répondit Beth. Je recommence à avoir mal à la tête, ajouta-t-elle à l'intention d'Ivy.

Tout en évitant son regard, elle lui donna une brève accolade, et rentra dans le *cottage*.

Lorsque Ivy revint de sa sortie, durant laquelle elle avait réussi à dissuader sa mère de lui acheter des vêtements au profit d'un souvenir en verre de Sandwich[5], une sonnerie familière retentit dans son sac à main.

— Will ?

— Ohé ! lui répondit la voix de son frère à l'autre bout de la ligne.

— Mille milliards de mille millions de mille sabords ! s'exclama Ivy. Où es-tu, Barbe-Noire ?

— Euh…

Ivy n'entendit plus que des bribes de conversation et des cris de mouettes en bruit de fond, jusqu'à ce que Will reprenne le téléphone pour lui indiquer à quel niveau de la plage de Pleasant Bay ils se trouvaient.

— Tu peux venir ?

— Oui, je mets mon maillot de bain et j'arrive, lui confirma Ivy.

Une fois sur place, chargée de serviettes ainsi que d'un sac rempli de petits gâteaux et d'une bouteille Thermos, il ne fallut pas longtemps à Ivy pour retrouver Will et Philip. Accroupis près du long kayak vert que tante Cindy leur avait prêté, la tête enserrée dans un bandana rouge et un collier de perles colorées autour du cou, ils bâtissaient un château de sable avec tant d'application qu'ils ne se rendirent compte ni de la présence d'Ivy ni de celle du groupe de jeunes filles qui admiraient Will.

---

5. Ville de cap Cod, où se trouve un musée du Verre très fréquenté.

Celui-ci, bronzé, les muscles luisant de transpiration, façonnait de ses élégantes mains d'artiste des remparts et des tours. Il leva soudain la tête et ses yeux d'un marron profond étincelèrent de plaisir.

— En voilà une mignonne ! lança-t-il. Regarde, Barbe-Noire !

Philip se tourna vers sa sœur.

— Cette fille est une coquine.

— Fais attention à ce que tu dis, canaille, rétorqua Ivy. Si tu continues à me parler de cette façon, je garde le butin pour moi. Tu n'auras aucun de mes gâteaux aux pépites de chocolat.

— Chocolat ? répondit Will en se levant. Ohé, la belle ! Laisse-moi t'aider avec ton ballot !

Il s'approcha d'elle et, après l'avoir déchargée de ses fardeaux, appuya doucement son front contre le sien.

— Ça fait du bien de te voir, lui murmura-t-il.

— Les pirates ne se font pas de mamours, lui fit remarquer Philip.

— Sauf en permission, répondit Will avant d'embrasser Ivy.

Ils étalèrent les serviettes à côté du château de sable et partagèrent le goûter. Puis Will sortit son carnet à dessin du sachet en plastique à fermeture Éclair dans lequel il le transportait. Crayon en main, il entreprit un croquis. Le regard allant et venant entre le papier et Ivy, il travailla à coups de traits rapides et aisés.

— Je n'ai pas vraiment besoin de t'observer, dit-il avec un sourire. Je t'ai en mémoire.

Cinq minutes plus tard, il lui montra le résultat. Un Barbe-Noire de petite taille et une jeune fille pirate, debout de chaque côté d'un coffre, brandissaient l'un un gobelet serti de pierreries, l'autre une robe au col et à l'ourlet bordés de plumes. Ivy s'esclaffa.

— Et si on inventait une histoire où Lacey et Ella se battraient contre des corsaires ? proposa soudain Philip.

— Je demanderai à l'auteur si c'est possible, mais je crois qu'on pourra arranger ça.

Will entama un nouveau dessin sur une page vierge. Lentement cette fois, il cisela la silhouette d'un groupe d'arbres qui se détachaient sur la vaste étendue de la baie à droite de l'endroit où ils se trouvaient. Il fredonnait. Sa gaieté et sa joie en cet instant brisèrent le cœur d'Ivy.

— Philip, tu veux aller te promener avec moi ? proposa-t-elle.

Son petit frère sauta sur ses pieds.

— Levez l'ancre et hissez la grand-voile ! s'exclama-t-il.

— Eh bien ! Qui t'a appris cette réplique ?

— Will.

— Ne te perds pas, matelot, déclara celui-ci avec un sourire.

Le petit garçon regarda d'un côté, puis de l'autre, et s'écria :

— Par là !

Ivy fut soulagée qu'il choisisse de partir à gauche, vers la langue de sable qui s'enfonçait dans la baie et au bout de laquelle un autre groupe d'arbres en faisaient une anse protégée. Elle suivit tranquillement Philip qui, encore assez jeune pour jouer les histoires qu'il inventait, lançait des ordres à son équipage de pirates et s'arrêta à plusieurs reprises pour feindre de ramasser des rubis et des doublons au bord de l'eau, avant de scruter l'horizon avec une longue-vue imaginaire.

Après avoir effectué le tour de la pointe, ils découvrirent un dépôt d'ambre marin, mouillé par la mer, qui scintillait sous le soleil de cette fin d'après-midi. Ivy et Philip s'agenouillèrent pour choisir quelques pierres.

— Philip, commença Ivy du ton le plus détaché possible, tu as dit à quelqu'un à l'hôpital d'envoyer ses prières à Tristan. Est-ce que tu le fais toujours, toi aussi ?

— Bien sûr.

— Est-ce qu'il te répond ?

— Tu veux dire : est-ce que je l'entends ?

— Oui.

— Plus maintenant. Pas depuis la mort de Gregory.

Ivy continua de fouiller le dépôt d'ambre. Qu'avait-elle donc espéré ? C'était ridicule de ressentir quelque déception que ce soit.

— Par contre, j'entends Lacey, reprit soudain Philip en roulant un galet entre ses doigts avant de le jeter.

— Vraiment ? s'exclama Ivy en levant la tête, surprise. Tu ne me l'as jamais dit.

— Tu ne m'as jamais posé la question.

Pensive, Ivy s'assit sur ses talons. Elle n'avait plus jamais perçu la présence de Lacey – son miroitement mauve n'apparaissait plus ; aussi en avait-elle déduit qu'elle était partie avec Tristan.

Ivy savait parfaitement que Lacey ne l'aimait pas. La fille ange l'avait aidée uniquement pour plaire à Tristan – parce qu'elle en était amoureuse, soupçonnait Ivy.

— *Yop là ho, et une bouteille de rhum*[6] *!* entonna Philip en séparant les galets et le sable du bout des doigts. Les docteurs ont dit à maman que c'était un miracle que tu ne sois pas morte.

— Oui, c'est vrai. J'ai prié…

---

6. Refrain de chanson de marin.

Elle hésita.

— … j'ai envoyé une prière à un ange.

Philip la regarda, comme s'il venait de comprendre.

— Est-ce que Lacey t'a aidée ?

— Je crois qu'un ange l'a fait.

— On n'a qu'à lui demander. Lacey ! hurla-t-il aussitôt en se dressant de toute sa taille, les mains levées vers le ciel. Hé, Lacey ! Montre-toi, coquine !

Aucune réponse ne lui parvint. Avec un haussement d'épaules, le petit garçon reposa un genou à terre et se remit à trier l'ambre.

— Elle doit être occupée, conclut-il simplement.

— Ça alors ! retentit soudain une voix rauque. Mais c'est le vieux boucanier et sa misérable sœur !

— Lacey ! s'exclama Philip, ravi.

— Bonjour, la salua Ivy en essayant de dissimuler l'espoir qui venait de naître en elle.

Si Lacey était toujours là…

— Ça faisait longtemps qu'on ne s'était pas vues, lui lança la jeune star de cinéma devenue ange. Ce qui ne m'a pas franchement dérangée.

Son halo mauve s'approcha d'eux et sembla s'accroupir sur le sable.

— Celui-ci est parfait, dit-elle tandis qu'un petit galet lisse et rond paraissait sauter dans la main de Philip. Alors, comment tu vas, mon camarade ? Je ne peux pas passer trop de temps avec toi, cette fois. J'ai un nouveau boulot : encore un apprenti qui n'a aucune idée de ce qu'il fabrique.

— Ce n'est pas grave, répondit Philip. J'ai juste une question à te poser : c'est toi qui as sauvé la vie d'Ivy dimanche soir ?

— Pardon ? s'exclama Lacey. Est-ce que j'ai sauvé ta sœur ?

Son halo mauve foncé, aussi vaporeux que de la brume de mer, se redressa et s'en alla virevolter au bord de l'eau.

— Beth et moi avons eu un accident de voiture ! lui expliqua Ivy.

Lacey revint aussitôt. Elle se déplaça en cercle plusieurs fois autour d'Ivy comme pour l'étudier. Celle-ci sentit sur sa tempe la légère pression d'un doigt ; elle savait que Lacey pouvait les matérialiser, elle avait enseigné à Tristan comment le faire.

— J'ai vu des blessures plus impressionnantes que ça, déclara-t-elle.

— Je sais ! s'empressa de dire Ivy avec confiance. Tristan m'a guérie.

— Quoi ?

— Tristan ? répéta Philip, aussi surpris que la fille ange.

— C'est impossible, affirma Lacey catégoriquement. La dernière fois que je l'ai vu, il se dirigeait vers la Lumière. Il avait accompli sa mission… grâce à moi. Maintenant, il est loin de nous. Je suis sûre qu'il siège à la droite du grand patron.

— J'ai senti ses bras autour de moi, insista Ivy.

Elle raconta alors les détails de l'accident, le moment où elle avait eu l'impression de voir son corps d'en haut avant de poursuivre sa montée vers le ciel étoilé. Le halo de Lacey resta parfaitement immobile. Pendant plus de trente secondes après qu'Ivy eut fini de parler, la fille ange resta inhabituellement silencieuse. Au moment où Ivy en concluait qu'elle avait arrêté de l'écouter, Lacey explosa soudain :

— Incroyable. C'est incroyable !

Des petits galets, soulevés par une main invisible, se mirent à voler dans les airs avant de tomber dans la mer.

— Hé ! s'exclama Philip. Tu m'as pris mon préféré !

— Désolée, s'excusa Lacey, cessant instantanément son jet de pierres. J'espère juste que tu as eu des hallucinations, ajouta-t-elle à l'intention d'Ivy, parce que, si ce que tu décris est réellement arrivé, il va y avoir de sacrées retombées.

— Qu'est-ce que tu veux dire ? se renfrogna Ivy.

— Les anges n'ont pas le droit de distribuer des baisers de la vie à la ronde !

« Le baiser de la vie », se répéta Ivy. Lorsqu'elle avait senti Tristan l'embrasser, elle s'était brusquement rendu compte que son cœur battait.

— C'est contre le règlement, s'insurgea Lacey.

— Comment le sais-tu ?

— Comment est-ce que je le sais ? Mais regarde-moi ! Qu'est-ce que tu vois ?

— Une nappe de brume caractérielle.

— Ah ! oui, c'est vrai, j'oubliais. Une seconde...

Le halo fila de nouveau jusqu'au bord de l'eau, où petit à petit il se transforma en une jeune femme vêtue d'un caleçon déchiré et d'un long tee-shirt sans manches.

— Qu'est-ce que vous pensez de ma nouvelle coiffure ? leur demanda Lacey en secouant la tête comme la star de cinéma qu'elle avait été.

Ses cheveux, toujours de cette étrange teinte magenta, étaient désormais longs, raides et coupés sur le front en une épaisse frange.

— Oh ! s'exclama Philip, le doigt pointé vers Lacey. On te voit en entier ! T'es super !

— Merci, camarade. J'ai développé de nouveaux dons depuis que nous avons eu le *plaisir* de travailler ensemble, répondit-elle avant de se tourner vers Ivy : Ça fait trois ans que je réussis à repousser ma mission en désobéissant aux règles. Alors si, moi, je ne suis pas une experte des interdits, qui l'est ? Je te le dis, Ivy : le grand patron n'aime pas que ses acteurs modifient son scénario. Il va y avoir des retombées.

— Parce qu'il m'a sauvé la vie ?

— J'ai bien l'impression que tu n'as jamais appris ton catéchisme. Tu as oublié l'histoire des anges déchus ? Qui voulaient être comme Dieu ? Exactement comme lui ? Mais c'est son privilège, pas le nôtre, de donner et de reprendre la vie !

Ivy en resta interdite. Tristan aurait-il pris un si grand risque pour elle ?

Lacey eut une moue de dégoût.

— Il n'y a vraiment que toi qui pouvais entraîner un gars dans la mort et, un an plus tard, mettre son âme en danger !

Là-dessus, sous les yeux incrédules de Philip et d'Ivy, le corps de la fille ange s'estompa jusqu'à se fondre dans le sable, l'océan, le ciel. Philip posa doucement une main sur le bras de sa sœur.

— Tu as peut-être fait un rêve, lui murmura-t-il.

— Oui, peut-être, répondit-elle.

Cependant, ces mots sonnaient creux, même à ses oreilles.

Chapitre 8

Sur le chemin du retour, Ivy enjoignit à son frère de ne mentionner à personne que Tristan l'avait aidée.

— Même pas à Will ?

— Même pas à Will.

Elle n'avait pas oublié à quel point la sonate de Beethoven qu'elle avait jouée l'avait contrarié.

— Je lui dirai moi-même, mais plus tard, reprit-elle. Ne parle pas de Lacey non plus.

C'est avec soulagement qu'elle vit sa mère et son frère partir le mercredi matin. Elle ôta immédiatement le chemisier de soie cintré que Maggie avait réussi à lui acheter, et le remplaça par un tee-shirt extralarge en tie-dye qui lui restait d'une collecte de fonds organisée dans son lycée.

Pour la première fois de sa vie, Ivy se sentait mal à l'aise avec Will. Dès qu'il la regardait, elle redoutait qu'il ne lise dans ses pensées et qu'il n'y voie Tristan. Elle marchait également sur des œufs concernant Beth, et ressentait chez elle la même prudence. Quant à Kelsey et Dhanya, totalement absorbées par les garçons qu'elles avaient rencontrés, elles passaient le plus clair de leur temps à Chatham, ce qui ne dérangeait nullement Ivy, au contraire. Son compagnon préféré s'appelait désormais Dusty.

Le vendredi, Will la conduisit à Hyannis. Elle devait y prendre possession d'une voiture de location qu'elle pourrait utiliser en attendant que l'assurance ait réglé le dossier de dédommagement de son propre véhicule, envoyé à la casse.

— Tu n'es pas bavarde ces temps-ci, lui dit Will alors qu'ils s'arrêtaient à un feu. Tu t'inquiètes pour quelque chose ?

— Non.

Ivy était consciente de la brièveté de sa réponse, mais aucun autre mot ne lui vint à l'esprit.

— Non, répéta-t-elle.

Will pivota sur son siège pour l'étudier.

— C'est vert, lui indiqua-t-elle sans le regarder.

Il redémarra avec un hochement de tête.

— Tu sais, c'est normal que tu appréhendes de reprendre le volant.

— Je n'appréhende rien du tout, lui répliqua-t-elle.

Il serra les mâchoires. Elle l'avait blessé alors qu'il essayait de se montrer attentionné. Elle tenta de se rattraper, quoique sans grand succès.

— Tant qu'il fait jour, bien sûr. Ce serait différent s'il faisait nuit comme au moment de l'accident.

Ils ne se reparlèrent plus de tout le trajet. Plus tard, alors qu'ils attendaient sur le parking brûlé par le soleil qu'on leur apporte la voiture de location, Will tenta de renouer le dialogue :

— Et si je t'accompagnais ? Après ton rendez-vous, on pourrait s'arrêter…

— Merci, mais ce n'est pas la peine.

Il la regarda d'un air ébahi.

— Ivy, tu n'as pas conduit depuis dimanche, insista-t-il néanmoins. Tu ne sais pas comment tu vas réagir sur la route.

— Tout ira bien, Will.

— Laisse-moi au moins te suivre jusqu'à l'hôpital, et je te promets de te laisser rentrer seule à l'auberge.

La main en visière pour se protéger de la réverbération du soleil sur les carrosseries des voitures, elle répondit :

— Will, je me débrouillerai.

— Ivy, tu viens d'avoir un accident grave. Le médecin n'a pas demandé à te revoir pour le plaisir. Elle veut vérifier que tu es complètement remise, et je veux être là quand elle le confirmera. D'accord ? murmura-t-il en voulant la prendre par les épaules.

Ivy recula. Jamais depuis le soir où ils avaient repoussé ensemble les attaques de Gregory elle ne s'était dérobée à ses étreintes.

— Je vais bien, s'obstina-t-elle.

— Tu n'es plus toi-même depuis cet accident, lâcha-t-il alors. Beth l'a remarqué aussi.

— Est-ce que je peux savoir ce que vous faites tous les deux ? s'emporta-t-elle. Vous passez votre temps à parler de moi ?

— Ça, c'est la meilleure ! Excuse-nous de nous faire du souci ! s'exclama-t-il.

— Will, j'ai besoin d'espace.

— Tu veux dire… loin de moi ? bredouilla-t-il, le teint blême.

Elle hésita.

— Loin de tout le monde, finit-elle par répondre. On est tous les uns sur les autres dans cette auberge, argumenta-t-elle à moitié pour se convaincre elle-même.

— D'accord, se résigna Will. D'accord.

Là-dessus, il tourna les talons et s'éloigna vers sa voiture. Avant d'y monter, il regarda une dernière fois pardessus son épaule, les yeux remplis d'espoir. Comme Ivy gardait le silence, il se mit au volant et démarra en trombe.

— Prête, mademoiselle Lyons ? lui demanda l'employé de l'agence de location qui venait d'apparaître avec une clé. Je vous ai trouvé une Coccinelle dernier modèle.

Sans attendre, Ivy attrapa le sac qu'elle avait rempli de gâteries pour Andy, et suivit l'employé à travers le parking.

Une heure plus tard, le médecin lui annonçait qu'elle lui enverrait les résultats de ses examens dès leur retour du laboratoire, même si, à première vue, elle semblait parfaitement rétablie.

— Les urgentistes n'en reviendront pas, lui dit-elle. Ce n'est pas souvent qu'on peut leur annoncer d'aussi bonnes nouvelles.

Une fois la consultation terminée, Ivy prit l'ascenseur jusqu'au cinquième étage, où elle attendit Andy dans le bureau des infirmiers.

Au bout de quelques minutes, celui-ci émergea de la chambre attenante à celle qu'elle avait occupée.

— Est-ce que quelqu'un a vu Guy ? lança-t-il à la ronde d'un air intrigué. On ne peut pas dire qu'il me rende la vie facile, ce garçon.

— Je l'ai aperçu il y a une demi-heure environ, lui répondit une infirmière aux cheveux bruns.

— Hé, regardez qui est là ! s'exclama Andy avec un grand sourire en s'approchant d'Ivy. Tu as fait ta visite de contrôle ?

— Oui, et je voulais vous donner ça, déclara-t-elle en lui tendant le sac qu'elle avait apporté.

Andy y jeta un rapide coup d'œil avant d'y plonger la main. Il en sortit un cake à la pomme et aux airelles qui embauma le couloir d'un parfum aigre-doux, et une boîte de petits gâteaux, dont il souleva le couvercle.

— Miam.

— Tout est fait maison, lui précisa Ivy. C'est tante Cindy qui s'occupe de la cuisine à l'auberge.

— Tu partageras, j'espère ? lança l'infirmière brune à Andy.

— On verra, lui répliqua-t-il avec un sourire narquois.

Ivy et lui passèrent quelques instants à bavarder, puis elle repartit vers l'ascenseur en se demandant ce qu'elle ferait de son après-midi. Elle avait envie de conduire, longtemps, très longtemps, si nécessaire jusqu'à la pointe de cap Cod, où elle irait courir sur la plage. Comme elle appuyait sur le bouton de l'ascenseur pour la troisième fois sans succès, elle se décida à prendre l'escalier indiqué par un panneau lumineux juste à côté. Elle s'y élança sans hésiter, soudain heureuse d'entendre le claquement de ses talons sur le béton. Comme Philip l'aurait fait, la main accrochée à la rampe métallique, elle laissait son corps se balancer à chaque palier avant de repartir de plus belle dans la volée de marches suivante. Elle ne remarqua l'individu assis là qu'à l'instant où elle s'apprêtait à le percuter. Près de basculer en avant, elle réussit néanmoins à s'arrêter.

— Hé ! s'exclama-t-il en la remettant droite.

C'était le garçon qui s'était montré si antipathique dans le solarium.

Ivy reprit son équilibre, mais l'amnésique continua de la retenir, par le regard autant que par les mains.

— Lâche-moi, lui ordonna-t-elle.

Il s'exécuta et Ivy remonta aussitôt d'une marche.

— Je vois que tu te portes mieux, lui déclara-t-il sèchement.

— Toi aussi, répondit-elle sur un ton ironique. Tu n'as pas perdu tes bonnes manières.

Il avait entrepris de la détailler de la tête aux pieds et Ivy devint extrêmement consciente du fait qu'elle avait un jean serré sous son tee-shirt extralarge. Afin de dissimuler son embarras, elle l'examina à son tour. Ce jour-là, il était rasé, vêtu d'un jean élimé, d'un peignoir en tissu-éponge qui lui arrivait à mi-cuisse, et il portait une vieille paire de chaussures.

— Ravie de t'avoir rencontré. J'ai adoré notre conversation, comme la première fois, déclara Ivy en reprenant la descente des escaliers.

— Tu as une voiture ?

Elle pivota sur ses talons, surprise par sa question.

— Oui. Pourquoi ?

— J'ai besoin qu'on m'emmène quelque part.

— Quelque part ? Maintenant ? Et où ça ?

— Pas loin. La prochaine ville.

Ivy inclina la tête, les sourcils froncés.

— Providence, marmonna-t-il.

— Providence n'est pas la prochaine ville. Elle ne se situe même pas dans cet État, lui rétorqua-t-elle.

— Peu importe, maugréa-t-il. Sors-moi d'ici, c'est tout ce que je veux.

À la lumière des néons, sa peau contusionnée avait une teinte gris-vert.

— Désolée, lui dit Ivy. Je ne sais pas quel type de problème tu as, en dehors de ton amnésie, mais…

— Je ne me suis jamais senti aussi bien, du plus loin que je me souvienne, ajouta-t-il d'un ton sarcastique avant de s'approcher d'elle.

— Andy te cherche, l'informa-t-elle.

— Qu'il aille se faire voir. Qu'ils aillent tous se faire voir ! s'écria-t-il.

Ivy tâcha de se tourner calmement pour recommencer à descendre les marches. Elle ne voulait pas l'affoler et déclencher une course-poursuite qu'elle serait sûre de perdre.

— Ils te laisseront sortir dès que tu seras bien, tenta-t-elle de le rassurer.

— Je ne peux pas attendre aussi longtemps !

Arrivée au niveau 2, elle voulut ouvrir la porte. Comme celle-ci refusait de bouger, elle tira une seconde fois, en vain.

— J'ai déjà essayé, lui murmura le garçon, tout près d'elle, un sourire mauvais aux lèvres. Je les ai toutes essayées. La seule qui ne soit pas bloquée est celle du rez-de-chaussée.

Cette fois, Ivy partit en courant. Elle passa le niveau 1 sans s'arrêter, mais le garçon, sur ses talons, finit par l'attraper. Sans ménagement, il la tourna vers lui, et la poussa contre le mur.

— Sors tes clés.

— Pourquoi veux-tu t'en aller ?

— Donne-moi ces clés.

— Tu ne le sais même pas. Tu n'as aucune idée de ce que tu fais.

Il la lâcha et recula d'un pas. Elle aurait dû saisir cette occasion pour tenter de s'échapper, mais une lueur dans les yeux du jeune homme la décida à ne pas bouger.

Il se laissa tomber sur les marches en béton, la tête enfouie dans les mains.

— Qu'est-ce qu'il y a ? s'enquit Ivy, soudain prise de pitié.

— Je n'en sais rien. Je sais seulement que je dois partir. Quelqu'un me cherche, et il faut que je m'en aille.

Ivy s'assit un peu plus bas. De cette nouvelle position, elle vit mieux les ecchymoses violacées qui recouvraient ses bras et sa tempe gauche, ainsi que la longue entaille qui lui balafrait le cou depuis la mâchoire. Manifestement, son histoire ne se limitait pas à une simple perte de conscience sur une plage, ni à une noyade à laquelle il aurait échappé de peu : il avait été roué de coups, et encore, le terme était faible.

S'il avait des ennuis de ce genre, elle serait folle de s'en mêler. Pour autant qu'elle sache, il se souvenait peut-être des faits et refusait de les reconnaître parce qu'il en était responsable.

Ivy voulut se lever, mais quelque chose la retint. Et s'il avait réellement besoin de s'enfuir ? Et si quelqu'un le pourchassait vraiment ? Après tout, il cherchait juste un moyen de s'éloigner de l'hôpital. D'instinct, Ivy décida de l'aider. Puis elle se ravisa. Avec Gregory, elle avait écouté son intuition, or celle-ci l'avait totalement induite en erreur.

— Que t'ont dit les médecins ? lui demanda-t-elle alors.

— Peu importe.

— Réponds à ma question.

Avec un soupir, il se livra enfin :

— J'avais de l'eau dans les poumons. Visiblement, on m'a tabassé, et j'ai une blessure à la tête. Les scanners du cerveau indiquent que ma perte de mémoire n'est pas physique.

Il détourna les yeux.

— J'ai vu un psychiatre… Si ce n'est pas physique, ça ne peut être que psychologique, pas vrai ?

— C'est possible, murmura Ivy.

Elle compatissait. Elle-même avait fait un blocage après la mort de Tristan et, les premiers temps, le souvenir de leur « accident » ne lui était revenu que par bribes sous la forme d'atroces cauchemars.

Leurs regards se croisèrent.

— Il t'est arrivé la même chose, c'est ça ? soupçonna-t-il. C'est ce que tu as voulu insinuer l'autre jour en me disant que les souvenirs pouvaient être aussi douloureux que l'absence de mémoire ?

Elle hocha la tête en silence, taraudée par le regret de ne pas être à même de lui assurer que tout irait mieux. Leurs deux histoires étaient différentes. Elle avait été entourée de Will, de Beth, de sa mère ; son petit frère se préoccupait d'elle ; et, surtout, l'amour persistant de Tristan l'avait accompagnée tout au long de son épreuve. Mais qu'avait ce garçon ?

— Quel est ton nom ? s'enquit-elle alors.

— Apparemment, mon amnésie est contagieuse. Comment veux-tu que je le sache ?

— Tu m'as dit que tu ne te rappelais pas les causes de tes blessures. Tu ne m'as pas parlé de ce dont tu te souviens.

Il eut un sourire las.

— Le personnel de l'hôpital m'a baptisé Guy. Guy X. C'est ce qu'ils ont entré sur leurs listes informatiques. Je suppose que c'est mieux que Monsieur X tout court.

— Et quel nom voudrais-tu que je te donne ?

— Comment appellerais-tu quelqu'un qui t'a poussée contre un mur pour te prendre tes clés ? À mon avis, *sale type* serait encore trop gentil.

Il se leva, dépassa Ivy et se retourna vers elle quelques marches plus bas, comme pour lui permettre à nouveau de le regarder en face.

— Je dois partir, répéta-t-il. C'est la seule chose que je sais, dont je suis sûr.

Ses yeux bleu foncé la fixèrent d'un air si suppliant qu'Ivy dut regarder ailleurs pour réfléchir.

— Tu vas avoir du mal à passer la sécurité avec ce peignoir, dit-elle enfin.

— C'est Andy qui me l'a prêté pour que je n'effraie pas les malades dans les couloirs.

— D'accord ! s'esclaffa Ivy, qui avait pris sa décision. Enlève-le.

— Pardon ?

— Enlève ton peignoir, lui ordonna-t-elle.

Tandis qu'il s'exécutait, elle s'efforça de détourner le regard de son torse musclé couvert d'hématomes.

— Maintenant, tourne-toi.

— Pourquoi ?

— On va procéder à un échange.

Elle ôta son tee-shirt extralarge et le posa sur son épaule. Il l'enfila pendant qu'elle mettait le peignoir.

— Je suis prête.

Un large sourire aux lèvres, il lui fit face de nouveau. Elle avait vu juste : ainsi illuminé, son visage était bien de ceux qui briseraient le cœur de n'importe quelle fille.

— Je crois que ça devrait marcher, déclara-t-elle.

Le tee-shirt était un peu tendu, l'inscription *Lycée de Stonehill*, déformée, et les coutures des emmanchures comprimaient ses épaules, mais il attirerait moins les regards que dans son peignoir trop court.

— S'il n'y a pas de vigile, on traversera le hall d'accueil comme si de rien n'était, l'informa Ivy. Par contre, si on nous pose des questions, on dira que c'est moi la patiente et que tu es venu me chercher. On n'aura qu'à prétendre qu'on en a eu assez d'attendre qu'ils nous apportent un fauteuil roulant, parce que, normalement, ils t'obligent à en prendre un jusqu'à la sortie.

— D'accord.

Ivy attrapa la clé de sa voiture de location dans son sac à main, non sans se demander quelle aurait été la réaction de Beth et de Will s'ils avaient su ce qu'elle s'apprêtait à faire. Puis elle pensa à l'assurance du véhicule : couvrait-elle les risques de vol ?

— Et si quelqu'un me pose la question, est-ce que je suis ton petit copain ?

— Mon frère, s'empressa-t-elle de répondre.

Guy sourit d'un air amusé, et commença à descendre l'escalier. Arrivé au rez-de-chaussée, il ouvrit la porte en grand et pénétra dans le hall d'accueil d'un pas assuré. Il semblait si détendu qu'Ivy redouta qu'il n'ait une certaine expérience de ce genre d'imposture. Le rythme de son cœur s'accéléra.

Ils avaient traversé la moitié de l'espace lorsque quelqu'un l'interpella :

— Vous avez besoin d'aide, mademoiselle ?

Si sympathique qu'ait été la voix, Ivy eut vite fait de remarquer que le vigile les observait avec circonspection.

— Non, merci, répondit-elle.

— Vous êtes une patiente ?

— Je l'étais, lui dit-elle sans avoir à mentir.

— Je peux voir vos papiers de sortie ?

— Oui, bien sûr.

Par chance, elle avait conservé sur elle ces documents pour y noter au dos l'heure de sa consultation et les indications pour venir jusqu'à l'hôpital. Elle les sortit donc de son sac à main et les tendit à l'homme en espérant qu'il ne remarquerait pas la date.

Celui-ci, rassuré à la vue des formulaires, lui fit signe de les ranger sans les consulter. Puis il s'adressa à Guy :

— Elle devrait être en fauteuil roulant, vous savez, et y rester jusqu'à ce que vous ayez garé la voiture devant l'entrée. C'est le règlement.

— Entendu, lança Guy. Attends-moi ici, Isabel !

Isabel ? Ivy tâcha de ne pas rire.

Guy récupéra un fauteuil abandonné près de l'ascenseur. Au moment où Ivy y prenait place, le vigile reçut un appel sur sa radio.

— Quelle est sa description ? demanda-t-il. Grand, cheveux blonds…

— Accroche-toi, Izzy !

Guy poussa le fauteuil à une allure telle qu'Ivy regarda la porte vitrée se rapprocher d'elle avec effroi.

— Aaah ! s'écria-t-elle en voyant cette dernière coulisser juste à temps devant eux.

Ils s'engouffrèrent dans l'ouverture, passèrent à toute vitesse devant un vrai patient et traversèrent comme des flèches l'aire de stationnement, avant de poursuivre leur folle échappée sur l'asphalte du parking.

— Attends, attends ! hurla Ivy.

— Impossible, lui répondit Guy. C'est par où ?

Ivy lui indiqua la direction du doigt. Lancé comme un bolide, il se faufila entre deux voitures et braqua à gauche. Il allait si vite qu'Ivy, les yeux fermés, se cramponna aux accoudoirs de son siège.

— Tu es malade ! Ralentis ! lui ordonna-t-elle en riant cependant aux éclats.

Ils remontèrent une longue rangée de véhicules.

— La voiture blanche au bout ! cria-t-elle à tue-tête. Freine, freine !

Il arrêta le fauteuil si brusquement qu'elle manqua d'aller s'écraser sur le coffre de la Volkswagen. Hors d'haleine à force d'avoir ri, elle sauta à terre et déverrouilla les portières en deux clics de sa clé électronique. Puis elle se glissa au volant et jeta documents et sac à main sur la banquette arrière, pendant que Guy, après avoir poussé le fauteuil sur un carré d'herbe, venait s'installer côté passager. Tout heureux, ils démarrèrent en trombe, vitres baissées, les cheveux aux quatre vents.

Chapitre 9

— Isabel ? répéta Ivy en s'arrêtant à un feu. J'ai une tête à m'appeler Isabel, d'après toi ?

Guy lui glissa un regard en coin.

— Ça me paraissait bien pour une sœur.

Ivy redémarra. Sans savoir si elle pouvait faire confiance à Guy, elle aurait dû avoir le bon sens de prendre la route 28, qui desservait les plages et traversait de nombreuses agglomérations. Au lieu de cela, elle se fia de nouveau à son instinct – ou à sa folie – et opta pour la route 6, une nationale qui traversait cap Cod en son centre et leur permettrait de mettre rapidement de la distance entre l'hôpital et eux.

— Alors, quel est ton vrai nom ? lui demanda-t-il.

— Ivy.

— Ivy, Izzy, je n'étais pas si loin. Mais Ivy, c'est mieux pour une petite amie.

Elle ne répondit pas. En son for intérieur, elle se persuada qu'il n'essayait pas de la séduire et que, plus important encore, elle ne l'aurait pas souhaité.

— On va où… Ivy ?

— Je n'ai pas décidé. Voyons… Déjà, grâce à Andy, tu as l'air propre…

— Est-ce que tu insinues qu'avant, j'avais l'air négligé ?

Il se tut un instant, puis reprit d'un ton nostalgique :

— Je ne sais pas ce que j'aurais fait sans lui.

— Je m'en veux, soupira Ivy. J'espère que ton évasion ne va pas lui attirer d'ennuis.

Un long silence s'ensuivit.

— Mais bon... on ne peut rien y faire maintenant, poursuivit-elle en jetant un coup d'œil vers Guy. Tes Nike ne sont plus toutes jeunes, constata-t-elle.

Le sourire aux lèvres, il leva un pied et retourna la semelle en caoutchouc qui béait.

— Je vais prendre la sortie Dennis, décréta Ivy. On va te trouver de quoi te chausser, et une chemise.

— On ? Tu es une experte du vol à l'étalage ?

— Je vais te les acheter.

— Non.

— Si.

— Ivy, non. Je ne veux pas que tu fasses quoi que ce soit d'autre pour moi.

Elle se demanda si sa réaction lui venait d'un élan de fierté mal placée.

— Comment vas-tu t'y prendre pour m'en empêcher ? le défia-t-elle. En sautant par la portière ? Je roule à 90 kilomètres à l'heure.

— À 110, la corrigea-t-il.

Elle vérifia son compteur et ralentit aussitôt.

Un autre silence s'installa.

Bien sûr, elle savait ce dont il avait besoin : de sa famille, de ses amis, de sa mémoire. Or elle ne pouvait lui procurer que des biens matériels.

— Tu n'as vraiment aucun souvenir ? s'enquit-elle. Tu ne sais plus si tu vivais à cap Cod ou si tu y étais en vacances ?

— J'habite ici.

Le léger moment d'hésitation qui avait précédé sa réponse ne lui avait pas échappé.

— Je vois, dit-elle. C'est pour ça que tu pensais que Providence était la ville la plus proche et non la capitale de l'État du Rhode Island.

Guy souffla bruyamment ; Ivy mettait sa patience à rude épreuve.

— C'est comme ça, se hérissa-t-il. Certaines choses… des noms, une personne, un objet, voire un parfum… me semblent familières, sans que je sache comment ni pourquoi. Mais si j'essaie d'y réfléchir, le souvenir m'échappe.

— C'est dur.

Ivy l'entendit s'agiter sur son siège et sentit son regard sur elle.

— Est-ce que c'était pareil pour toi ? lui demanda-t-il.

— Oui et non, répondit-elle sans quitter la route des yeux. Quand je me suis réveillée, je ne me souvenais pas de l'accident, mais je savais qui j'étais. Et je savais ce que j'avais perdu.

— C'est-à-dire ?

— Voilà la sortie, déclara-t-elle en guise de réponse.

Sur sept cents mètres environ, elle suivit une route à deux voies bordée d'un ensemble d'arbres à feuilles caduques et de pins de Virginie. Au bout, elle bifurqua à gauche vers un parking situé face à une rangée de magasins où elle était venue avec sa mère quelques jours plus tôt. Entre l'enseigne d'ameublement Wicker & Wood et celle de la marque de produits aux airelles Everything Cranberry se trouvait un magasin de sport. Ivy alla se garer vers l'extrémité sablonneuse de l'aire de stationnement, à l'ombre des arbres qui l'encadraient. Elle retira les clés du contact et se tourna vers Guy.

— De quoi est-ce que tu penses avoir besoin en attendant mieux ?

— Je n'ai besoin de rien, de la part de personne.

— Une chemise, un tee-shirt, un short, des chaussettes, des chaussures, des sous-vêtements… une serviette. Quoi d'autre ?

Les poings serrés sur les genoux, il garda les yeux rivés devant lui.

Ivy attrapa son sac à main sur la banquette arrière.

— Écoute, reprit-elle, je sais que ça ne va résoudre aucun des gros défis auxquels tu es confronté, mais c'est un commencement.

— Mes gros défis ? explosa Guy. Tu parles comme un sale psychiatre !

— Tu préférerais que je les qualifie de problèmes insolubles ?

— Tu ne crois pas que ce serait plus honnête ?

— Seulement si tu considères qu'ils le sont.

— Je vois. Bientôt, tu vas me faire la leçon en douze étapes[7], c'est ça ? Étape numéro un : Admettez que vous avez un problème.

— C'est un bon début.

Il lui répondit par une grimace.

— Je ne parlais pas que de tes problèmes ! s'exclama-t-elle. Ce que j'entends, c'est que tu connais certains programmes d'entraide. C'est un indice.

— Qui nous révèle quoi ? lui demanda-t-il d'un ton incrédule. Que mon père est alcoolique ? Que mon frère, ou bien mes amis, ou encore ma mère se droguent ? Peut-être que je le fais aussi ! À moins que cet indice ne me

---

7. Référence aux douze questions posées par l'organisation d'origine américaine Alcooliques anonymes, pour déterminer si l'on est dépendant de l'alcool ou non. Il existe d'autres branches fonctionnant sur le même modèle, telles que Débiteurs anonymes.

révèle simplement que les Alcooliques anonymes sont venus présenter leurs activités dans mon lycée et que, pour une fois, ce jour-là, j'écoutais. En résumé, ton indice ne dit rien !

Ivy eut peine à garder son calme.

— Il est évident qu'une pièce du puzzle prise isolément n'a pas de sens en elle-même. Mais dès que tu seras capable de l'associer à d'autres, elles commenceront à former une image. Apprends à les conserver, ne te contente pas de les balayer de rage.

Elle laissa tomber ses clés dans son sac à main.

— Tu viens ?

— Non.

— Tu n'as pas besoin d'en faire une montagne. Tu me rembourseras plus tard. Entre-temps, tu ne peux pas te promener sans chemise et sans des chaussures convenables aux pieds.

Elle attendit trente secondes de plus, puis descendit de voiture.

— Jolie, la tenue ! lança-t-il en penchant la tête à la vitre.

Ivy baissa les yeux. Elle avait oublié qu'elle était en peignoir. Elle éclata de rire.

— Ne te moque pas, lui répondit-elle. C'est mon paréo préféré.

Une fois dans le magasin, elle passa en revue les sweat-shirts et les tee-shirts aux couleurs vives ainsi que les shorts en coton dont les tailles auraient convenu à Will. Elle soupçonnait Guy d'être craintif ; qui ne le serait pas en quittant un hôpital, et donc un toit, un lit, ainsi que des repas réguliers, sans avoir aucun autre endroit où aller ? Ses accès de colère venaient de là, comme, sans doute, de sa fierté blessée. Si Will devait se retrouver un jour dans une situation similaire, serait-il guidé par les mêmes sentiments ? Autant elle en était sûre pour Tristan, autant pour lui, elle hésitait.

Elle ajouta à ses achats un grand sac à dos, un pantalon cargo, des lunettes de soleil et une serviette. Elle régla avec sa carte de crédit, qui lui permit aussi de prendre des espèces. Elle mit le tout, avec le ticket de caisse, dans le sac. Plongée dans ses réflexions, elle sortit lentement du magasin. Lorsqu'elle arriva près de la voiture, elle écarquilla les yeux : Guy n'était plus là. Elle regarda alentour, pensant qu'il se dégourdissait peut-être les jambes, mais il avait bel et bien disparu. Elle scruta la masse verte du bois qui bordait le parking. Il avait dû s'enfuir par là, mais pour aller où ? Lui-même n'en avait sans doute aucune idée.

Il avait laissé le tee-shirt d'Ivy sur le siège de la Coccinelle. « Quel orgueil ridicule, stupide ! » s'emporta-t-elle intérieurement. En colère, elle prit un stylo dans son sac à main et inscrivit « Guy » sur le sac à dos qu'elle jeta de toutes ses forces vers les arbres. Puis elle se rendit à la plage du phare de Nauset, pour courir le long de l'eau jusqu'à épuisement dans l'espoir de se libérer du tourbillon des émotions dont elle était la proie.

— Tu aurais pu appeler, lui dit Will deux heures plus tard. Ou laisser ton téléphone allumé. On était inquiets.

Debout dans le grand jardin qui séparait le *cottage* de l'auberge, il ponçait une vieille bibliothèque qu'il avait trouvée dans la montagne de meubles que tante Cindy entreposait. Beth était assise non loin de là, dans un des fauteuils de style Adirondacks, un livre ouvert posé à l'envers sur le plat d'un accoudoir.

— Je t'ai dit que j'allais bien, répliqua Ivy.

— Ton rendez-vous était il y a deux heures. J'ai eu peur qu'il ne se soit pas bien passé.

— Je suis allée à la plage, lui répondit Ivy en ôtant ses chaussures pour les vider du sable qui s'y était glissé.

Les lèvres serrées, les muscles saillants sur ses avant-bras, Will se remit au travail d'un air furieux. Beth, elle, observa Ivy sans rien dire avant de reporter son attention sur Will.

— Pourquoi présumer le pire ? reprit Ivy.

— Étant donné tes antécédents, pourquoi devrais-je présumer que tout va bien ?

Ivy garda le silence.

— Si Beth, qui n'a même pas été hospitalisée, était partie à un rendez-vous médical et était revenue trois heures plus tard que prévu, tu ne te serais pas inquiétée ?

— D'accord, tu as gagné, concéda Ivy, qui souhaitait voir cette conversation se terminer.

Will l'étudia un instant. Ses yeux marron foncé ne dénotaient plus la colère, mais la confusion.

— Je ne cherchais pas à gagner quoi que ce soit, lui fit-il remarquer. J'essaie juste de comprendre ce qui se passe.

— Moi aussi, murmura Ivy en toute sincérité, avant de disparaître dans le *cottage*.

Chapitre 10

— Pourtant, tu as toujours aimé faire du kayak sur la rivière, s'étonna Ivy, tandis que Beth et elle repartaient vers le *cottage* par l'allée pavée qui traversait le jardin.

Seuls quelques clients restaient jusqu'au lundi à l'auberge et elles avaient terminé leurs corvées.

— Oui, c'est vrai, mais l'idée que cette île de Billingsgate ne sort de l'eau qu'à marée basse me fait un peu peur. Tout comme l'épave qui se trouve à côté.

— Je parie que ces mystères te donneront des idées pour ton roman, l'encouragea Ivy.

Depuis la semaine précédente, Beth se plaignait de souffrir du syndrome de la page blanche.

— Sans doute, marmonna Beth sans enthousiasme.

— À moins que ce ne soit pas le kayak qui te dérange, reprit Ivy après mûre réflexion, mais la personne avec qui tu dois en faire. Est-ce qu'il s'est passé quelque chose depuis ton rendez-vous avec Chase ? Tu as eu l'air de l'apprécier ce jour-là.

— Il m'a envoyé beaucoup de SMS, lui répondit Beth avec un haussement d'épaules.

— Autrement dit, trop, en déduisit Ivy. Et tu es tellement généreuse que tu n'oses pas lui demander de se calmer. Beth la Généreuse, répéta Ivy en souriant à son amie qui s'était tournée vers elle. Tu ne ferais pas de mal à une mouche.

— Je vais peut-être commencer, déclara Beth alors qu'elles entraient dans le *cottage*.

Ivy alla chercher, parmi les nombreux livres oubliés par les clients au fil des années, le roman policier en format poche qu'elle avait commencé, et l'emporta avec elle sur la véranda. Ceinturant la façade de l'auberge qui donnait sur la mer, ainsi que l'un de ses murs latéraux, celle-ci constituait un lieu unique. Tôt le matin, inondée par la lumière jaune orangé du soleil levant, elle donnait l'impression d'une pièce claire et spacieuse ouverte aux quatre vents, avant de revêtir peu à peu la teinte bleue et sereine de l'océan devant elle. Lorsqu'elle était vide de clients, Ivy aimait à venir s'y asseoir. Installée dans un rocking-chair en bois, les pieds sur la rambarde, elle contemplait au-delà du coin de verdure formé par le jardin de tante Cindy la vaste étendue bleue sous la voûte céleste, et elle laissait son esprit s'évader.

C'est formidable, Ivy. Est-ce que tu connais la sensation de flotter sur un lac, entourée d'arbres, un grand bol de ciel bleu au-dessus de toi ? On est allongé sur l'eau, le soleil étincelle au bout de nos doigts et de nos orteils.

Elle s'était imaginée tant de fois allongée à côté de Tristan, au centre de ce lac parsemé de taches de soleil, que son rêve était devenu aussi tangible que les souvenirs réels qu'elle gardait de lui.

Pourquoi avait-elle pensé qu'en se réfugiant à cap Cod, elle s'éloignerait de sa mémoire ? Il y avait de l'eau partout ici et, partout où il y en avait, elle voyait Tristan.

Avec un soupir, elle ouvrit son livre et riva les yeux sur les mots, sans pouvoir les lire. Voilà une semaine, elle s'était réveillée dans un hôpital, certaine que Tristan l'avait embrassée. Ce rêve-là n'avait rien eu de réconfortant, contrairement à ce que Beth avait suggéré ; au contraire, il n'avait fait qu'accentuer sa nostalgie de celui qu'elle avait aimé. Sans compter qu'il lui avait révélé de façon poignante la différence entre sa relation avec lui et ses sentiments pour Will. Durant le week-end, le travail occasionné par une auberge qui affichait complet les avait tous deux aidés à passer les journées sans trop de difficulté ; mais une nouvelle semaine démarrait et ils allaient désormais disposer de temps à partager. Aussi, c'est avec un réel soulagement qu'Ivy avait entendu Will le matin même lui annoncer qu'il irait à Chatham acheter du matériel de dessin et de peinture.

Kelsey la tira soudain de ses pensées.

— Hé, la belle, lève ton joli derrière et viens courir avec moi ! lui lança la cousine de Beth.

Kelsey s'était arrêtée au coin de l'auberge et trottina sur place un moment. Ses cheveux auburn étaient rassemblés sur le haut de la tête en une queue-de-cheval qui bondissait au rythme de ses mouvements.

Ivy accueillit avec un sourire son invitation, qu'elle soupçonnait de ne pas être sincère, et la déclina d'un signe de tête.

— Tu vas loin ? demanda-t-elle néanmoins.

— Aujourd'hui, je prévois de faire huit kilomètres sur la plage, ce qui équivaut au double par la route, puis vingt minutes de nage dynamique et une heure de vélo. Je prévois de m'inscrire à un triathlon en septembre.

— Tu es impressionnante, s'extasia Ivy.

— Ne le lui répète pas, elle le croit déjà trop, déclara Dhanya, qui venait d'apparaître sur la véranda avec un bol de myrtilles, apparemment couvertes de sucre glace, récupérées du petit déjeuner servi aux clients.

— Elle ne le croit pas, elle le sait ! s'exclama Kelsey avant d'ajuster son iPod et de s'élancer vers l'escalier qui descendait sur la plage.

Dhanya s'assit et posa son bol sur une petite table entre elle et Ivy.

— Sers-toi si tu veux, dit-elle.

— Merci.

Après s'être balancée sur son rocking-chair, Dhanya mit à son tour les pieds sur la rambarde et passa un moment à les étudier.

— Le vernis couleur lavande te va bien, commenta Ivy.

Dhanya plissa le nez.

— Je n'aurai jamais de jolis pieds. C'est la dure réalité des danseurs : on maltraite nos orteils.

— Tu fais de la danse classique ?

— Ainsi que moderne, jazz et même des claquettes. J'ai suivi pas mal de cours de danse indienne aussi, mais ma prof était vieille et sévère. Elle était obsédée par le comportement. Elle me répétait tout le temps : « De la discipline, Dhanya, de la discipline », imita-t-elle avec un accent anglais avant de faire la moue. Tu veux venir à Chatham avec nous aujourd'hui ? Max a invité un groupe d'amis de sa fac.

— C'est gentil, mais je dois aller à Provincetown avec Beth et Will cet après-midi.

— Quelle chance tu as ! soupira Dhanya. Will est formidable.

— Mmm... marmonna Ivy avant de changer de sujet : Parle-moi de Max.

Dhanya roula les yeux.

— Kelsey m'a dit que tu l'aimais bien.

— Kelsey voudrait que je l'aime bien, rectifia Dhanya. Je ne sais pas pourquoi, mais elle s'est mis dans la tête qu'il était parfait pour moi, ce que je prends comme une insulte. Elle n'arrête pas de me dire que je suis snob. Tu trouves aussi ?

Quoique surprise par cette question pour le moins directe, Ivy répondit :

— Je trouve qu'on l'est tous à différents degrés, excepté qu'on ne se rend pas compte de nos propres préjugés.

— C'est vrai, mais certains d'entre nous sont plus bêcheurs que d'autres, affirma Dhanya. Et j'ai horreur de ces gens-là. Surtout quand c'est moi qu'ils ignorent.

— Tu ranges Max dans quelle catégorie ?

— Riche, répondit Dhanya en pointant les orteils avant de se détendre les chevilles. Il faut vraiment que j'arrête d'enfouir mes pieds dans le sable. Ils ne sont pas aussi bronzés que mes jambes… Oui, Max est riche, et vulgaire. Il aime les bateaux Cigarette et les voitures de sport aux couleurs criardes. Il a peut-être beaucoup d'argent, mais il se comporte comme un… prolétaire.

Ivy se mordit la lèvre pour ne pas rire. Avant que sa mère n'épouse Andrew, elle avait vécu avec elle dans les quartiers… prolétaires de Norwalk.

— Son père possède une chaîne de magasins d'habillement discount, ajouta Dhanya.

— Et ? s'enquit Ivy, la tête inclinée.

— J'ai l'impression que c'est là que Max trouve tous ses vêtements… Je voudrais tellement quelqu'un d'aussi riche que lui, et d'aussi distingué que Will !

— Peut-être que ton prince charmant prendra forme à la fête de Max, suggéra Ivy.

Elle avait fait de son mieux pour dissimuler son irritation, mais elle n'avait aucune envie qu'on lui rappelle à quel point Will était sensationnel.

— Est-ce que tu as eu un copain au lycée à qui tu étais vraiment attachée ? demanda-t-elle.

— Non, mais j'en ai un sur Facebook. Le seul problème, c'est que ce n'est pas facile de faire venir un Australien au bal de son école...

Après un long silence, elle ajouta :

— Merci de ne pas m'avoir dit : « Tu rêves, Dhanya. » Kelsey me reproche tout le temps de vivre dans la lune. Elle est persuadée que j'ai peur des garçons en chair et en os.

Ivy eut pitié d'elle.

— Kelsey raconte beaucoup de choses à ton sujet, mais elle ferait mieux de se concentrer sur elle et de te laisser un peu tranquille.

— Oui... sourit faiblement Dhanya. Peut-être. Tu veux encore des myrtilles ?

— Non, merci.

Elle engloutit la dernière poignée qui restait dans le bol et repartit avec ce dernier vers le *cottage*.

Ivy ouvrit de nouveau son livre et en lut un chapitre entier – deux fois, par manque de concentration. Peu à peu, cependant, la mer, l'air salé et la véranda ensoleillée s'effacèrent pour céder la place à une ruelle sombre de Londres, dans laquelle Ivy suivit enfin les pas furtifs du héros de l'intrigue.

Une demi-heure plus tard environ, une main se posa sur son épaule.

— Hé, Will, tu as trouvé ce que tu voulais ? dit-elle.

— Qui est Will ?

Au son de la voix, Ivy se tourna vivement, sans savoir si l'apparition inattendue de Guy la contrariait ou l'enchantait.

— Comment m'as-tu retrouvée ? lui demanda-t-elle sèchement.

— Grâce aux papiers de l'hôpital. Comment savais-tu que je reviendrais au parking ?

Il portait le sweat-shirt et le pantalon cargo qu'elle lui avait achetés, mais il avait toujours ses vieilles chaussures aux pieds ; la nouvelle paire pendait à la lanière de son sac à dos.

— Je n'en savais rien, lui rétorqua-t-elle. J'étais trop en colère pour rapporter tout ce que j'avais pris.

Un demi-sourire aux lèvres, Guy laissa glisser son sac à dos à terre. Un tapis de couchage y était attaché et Ivy espéra qu'il se l'était procuré honnêtement, en utilisant l'argent qu'elle lui avait laissé.

— Assieds-toi, lui proposa-t-elle.

— Non, merci, répondit-il en s'appuyant contre la rambarde devant elle. Je ne suis pas très propre.

— Où est-ce que tu as dormi ?

— Un peu partout.

— Y compris autour d'ici ? s'enquit-elle en fermant son livre.

— Ici et là, fit-il d'un air évasif.

— Est-ce que tu as mangé depuis quatre jours ?

— Oui, mais je ne te dirai pas quoi.

— Je veux savoir.

Il éclata de rire. Étaient-ce ses joues non rasées, ses cheveux ébouriffés ou la malice dans ses yeux ? Pourquoi son rire lui plaisait-il tant ?

— Des restes, avoua-t-il enfin. Une variété de restes.

— Miam. Pourquoi est-ce que tu n'es pas venu ici tout de suite ?

— Parce que tu m'avais déjà rendu suffisamment de services.

— Et pourquoi maintenant ?

Le visage de Guy se rembrunit. Son regard avait quelque chose d'envoûtant, comme s'il parvenait à pénétrer au plus profond de son âme. Ivy n'avait pas la force de s'en détacher.

— Parce que j'ai faim, finit-il par déclarer en tournant les yeux vers la mer. Jolie vue.

— Qu'est-ce que tu veux ? Un petit déjeuner, un déjeuner ou un dîner ?

— Ce que tu as.

— Suis-moi, lui lança-t-elle en se levant.

Elle ouvrit la porte et se retourna pour l'attendre.

— Je préfère rester dehors.

— Il n'y a personne, le rassura-t-elle. Viens.

— Et si Will rentre ?

Ivy eut l'impression de percevoir une lueur dans ses yeux.

— Je ferai les présentations, déclara-t-elle.

— Je préfère quand même t'attendre ici.

— Comme tu veux, mais si je te prépare un vrai repas et que tu es parti quand je reviens, cette fois, je me mettrai vraiment en colère.

— La perspective de ce spectacle me donne presque envie de me cacher dans les buissons, badina-t-il.

Tandis qu'il s'asseyait par terre, adossé à la balustrade, Ivy pénétra dans l'auberge. Après avoir réfléchi au plat qui lui apporterait le plus de protéines, elle se décida pour une omelette au fromage accompagnée d'une grosse tranche du pain fait par tante Cindy. Elle ajouta sur le plateau un assortiment de fruits et une tasse de thé. De retour devant la porte-moustiquaire, elle s'arrêta. Guy avait les paupières fermées, les épaules affaissées. Il s'était assoupi. Ivy le regarda avec compassion – il était exténué.

— Ça sent bon, marmonna-t-il soudain en ouvrant les yeux.

Elle poussa la porte et, après quelques moments d'hésitation, posa le plateau près de lui.

— Merci, bredouilla-t-il.

Il releva les manches de son sweat-shirt et se mit aussitôt à manger. Pendant ce temps, Ivy écarta le rocking-chair et s'assit par terre, d'où elle l'observa sans rien dire. Il avait ôté ses chaussures. Elle remarqua que, comme son avant-bras, ses chevilles et ses pieds étaient couverts d'ecchymoses. Décidément, la bagarre avait dû être rude.

— Alors, tu t'es trouvé un endroit ? lui demanda-t-elle.

— J'ai déjà répondu à cette question.

— C'était juste pour le cas où tu te déciderais à dire la vérité.

— J'ai trouvé des endroits.

Tout en pianotant sur le sol, Ivy se demanda où elle se rendrait si elle devait dormir à la belle étoile sans se faire remarquer tout en restant dans un lieu assez fréquenté pour y trouver des « restes ». Étant donné qu'il n'avait pas de voiture, elle pensa à un endroit relativement proche.

— Le parc national de Nickerson, annonça-t-elle soudain.

Le visage de Guy demeura impassible. Il posa sa fourchette et prit la tasse des deux mains comme pour les réchauffer. « Ce n'est pas de chaleur dont il a besoin, songea Ivy, mais de réconfort et de bonté. »

Or comment les lui prodiguer puisqu'il s'était enfui quand elle avait tenté de le faire ?

— Est-ce que tu t'es souvenu de quelque chose ?

Il prit une gorgée du liquide chaud.

— Non.

— Est-ce que tu as noté des sensations familières ?

Les sourcils froncés, Guy plongea le regard dans son thé. Faisait-il le tri des informations à lui révéler ?

— En fait, c'est pire qu'avant, déclara-t-il enfin. Maintenant, j'ai la tête pleine de bribes de souvenirs auxquelles je ne comprends rien. Un jour, c'est une odeur, comme un feu de bois, qui me rend heureux ; le lendemain, la même odeur me donne envie de m'enfuir.

— Comment as-tu trouvé le parc ? En suivant les panneaux ou par toi-même ?

Il hésita.

« Fais-moi confiance », avait envie de lui dire Ivy.

C'est si dur, parfois, d'attendre qu'une personne accepte de s'en remettre à vous.

— Je l'ai vu sur une carte, finit-il par répondre. Comme je me rappelle les généralités, je me suis dit que j'en trouverais une à la réception d'un hôtel. La superficie du parc qui y était indiquée m'a fait penser que je pourrais y survivre, et m'y cacher si on venait m'y chercher.

— Qui est ce « on » ? s'enquit Ivy en se penchant vers lui.

— Je n'en sais rien.

— C'est plus d'une personne ?

— Je te dis que je n'en sais rien ! s'emporta-t-il, ses yeux prenant la teinte d'un océan tumultueux. Comment veux-tu que je te donne la réponse ?

Ivy regretta ses paroles. Elle était allée trop loin. Entre-temps, le regard de Guy s'était coloré de gris. Perdu dans ses peurs et ses pensées, il suivit du doigt la cicatrice sur son cou. Ivy tremblait pour lui, mais elle était consciente que le lui dire le pousserait encore davantage à se retrancher dans le mutisme.

Elle décida de changer de sujet.

— Voilà ce que je peux t'offrir, lui proposa-t-elle. Un rasoir et une douche.

— Je n'ai besoin ni de l'un ni de l'autre.

— Tu te sentiras probablement mieux après. Si tu me permets de laver et sécher tes affaires, tu pourras repartir propre pour quelques jours.

— Tu veux que j'aie l'air respectable ? grommela-t-il, le sourcil levé.

— Oui, si possible ! Tu vas avoir beaucoup de recherches à effectuer, lui rappela-t-elle. Si tu veux que les gens te répondent, il faut qu'ils se sentent à l'aise avec toi.

— C'est juste, concéda-t-il avec un sourire. D'accord, je n'en aurai pas pour longtemps.

Quelques minutes plus tard, dans le *cottage*, Ivy tendait à Guy par la porte entrebâillée de la salle de bains un carré en éponge et une serviette de plage en échange des vêtements qu'il avait portés et de ceux qui se trouvaient dans son sac à dos. Il lui avait effleuré l'esprit de s'infiltrer dans la chambre de Will pour y prendre matériel de rasage et déodorant, mais elle avait fini par décider de ne prêter à Guy que ce qu'elle possédait.

— Oh, je vais sentir bon ! s'exclama-t-il.

— La buanderie se trouve sur l'arrière de l'auberge, près de la cuisine, lui indiqua-t-elle avant de s'éloigner avec le ballot de linge sale.

Avant de remplir le tambour de la machine, Ivy vérifia les poches de ses affaires. Elle y trouva un bout de papier provenant des documents de sortie de l'hôpital, plié en quatre et sur lequel étaient inscrits l'adresse de l'auberge ainsi que les numéros de téléphone de sa famille. Elle décida d'y ajouter celui de son propre portable, le replia, et le jeta dans une coupe posée sur le sèche-linge. Une autre poche contenait des pièces, qu'elle plaça avec le papier. Ce faisant, un éclat doré attira son attention. Elle reversa le contenu de la coupe dans sa main, et sa gorge se serra.

Un rond de métal, estampillé d'un ange, brillait sur sa paume, comme un signe des cieux.

Chapitre 11

« Philip a été attiré par lui comme moi », se dit Ivy en revenant vers le *cottage*. Son instinct ne l'avait donc pas trompée : son frère et elle étaient bel et bien censés aider Guy. Elle sourit. Peut-être avaient-ils été choisis pour lui servir d'« anges ».

— J'ai besoin de vêtements ! lui lança Guy depuis le premier étage alors qu'elle entrait dans la cuisine.

— Je sais, lui répondit-elle depuis le bas de l'escalier, mais ils ne sèchent pas aussi vite que toi. Utilise la serviette que je t'ai donnée. Et quand tu descendras, n'hésite pas à te servir dans les placards si tu as faim.

Elle repartit dans le salon où elle se mit à l'un des grands puzzles que tante Cindy gardait pour les jours pluvieux. Elle fit de la place sur la table basse et s'assit sur le canapé pour étudier l'illustration sur le couvercle qui reproduisait un village idyllique de la Nouvelle-Angleterre, agrémenté d'un pont et niché dans la verdure. Elle fouilla dans la boîte et en tira plusieurs pièces vertes à bord droit.

Guy apparut quelques minutes plus tard, une pomme à la bouche, ses cheveux blond cendré encore mouillés. La serviette de plage qu'Ivy lui avait prêtée reposait sur ses hanches à la manière d'un pagne et offrait tout loisir d'admirer sa physionomie, mais aussi de constater l'état de ses blessures. Ivy dut faire appel à toute sa capacité d'autodiscipline pour ne pas garder les yeux fixés sur lui.

— Où est-ce que je peux m'asseoir ? lui demanda-t-il.

— Où tu veux.

Après avoir regardé le puzzle sur la table, il choisit un fauteuil placé en L par rapport au canapé. Ivy, qui avait déjà une pile de pièces devant elle, lui tendit la boîte, dans l'espoir que le jeu lui changerait les idées. Guy entreprit de chercher des bouts de ciel bleu tout en fredonnant. Ivy ne put s'empêcher de sourire.

— C'est de moi que tu te moques ?

— Je n'oserais pas... répondit-elle en croisant son regard étincelant. C'est quoi cette chanson ?

— Tu ne la reconnais pas ? ironisa-t-il. Moi non plus.

Elle chanta plus haut la mélodie qu'elle venait d'entendre et s'exclama soudain : « Si je t'aimais » !

Stupéfait, Guy redressa la tête.

— C'est le titre, lui expliqua-t-elle avant de lui interpréter les trois premiers vers.

— Mais bien sûr, je la reconnais maintenant, plaisanta-t-il.

— Elle est tirée de...

Ivy porta la main à sa bouche : elle venait de se souvenir.

— Tirée de quoi ?

— De *Carrousel*, répondit-elle d'une voix basse.

L'année précédente, Tristan, qui tentait d'entrer en communication avec Ivy pour la première fois depuis qu'il était devenu ange, avait joué sur son piano les premières notes de cette chanson.

— Est-ce que tu apprécies les comédies musicales ? demanda-t-elle à Guy.

— Oui, j'aime bien.

Comme c'était étrange. Des liens s'établissaient entre la vie passée et présente d'Ivy, sans qu'elle puisse se les expliquer. Elle tâcha de se concentrer sur le puzzle.

— Tiens, dit Guy en se penchant vers elle pour placer une pièce verte près de celles qu'elle avait déjà rassemblées.

Troublée, Ivy tressaillit. Chaque millimètre d'elle sentait la présence de Guy et son corps se mit à brûler de l'intérieur. Déconcertée, elle se redressa. Elle pensa à se lever, pour prendre un peu de distance. Mais une confusion mêlée de fierté la garda rivée sur place. De peur qu'il ne remarque le feu à ses joues, elle s'appuya sur ses coudes et prit son visage entre ses mains.

— J'en ai une autre, reprit Guy en penchant cette fois le buste devant elle pour aller placer l'élément sur le puzzle même.

Ivy se sentit submergée par une vague de sensations incontrôlables. La tête se mit à lui tourner. Mais que lui arrivait-il donc ? Nerveusement, elle emboîta deux pièces du puzzle, en ajouta une troisième.

— Je ne crois pas que la dernière aille à cet endroit, lui fit remarquer Guy.

— Je le sais ! s'écria-t-elle en retirant le petit carton vert à l'angle écorné.

À son ton cassant, il leva la tête pour l'observer. Leurs visages n'étaient qu'à quelques centimètres l'un de l'autre. Elle s'efforça, en vain, de détourner les yeux. Il baissa les siens. Vers sa bouche. S'il était possible qu'un regard se transforme en baiser…

— Salut, je suis là !

Ivy fit un tel bond qu'elle en renversa la boîte du puzzle. Mille quatre cents petites pièces allèrent se répandre sur le sol.

— Oh, Will ! lança-t-elle tout en se baissant pour commencer à les ramasser.

Guy, lui, s'était penché pour attraper la boîte.

Ivy entendit la porte-moustiquaire s'ouvrir, puis les pas de Will s'arrêter net. De sa perspective, il n'avait vue que sur le dos et les épaules musclés de Guy.

— C'est qui ? demanda-t-il dans un souffle.

Guy se redressa vivement avant de se mettre debout et de resserrer sa serviette. Les deux garçons se dévisagèrent un moment.

— J'ai posé une question, déclara Will.

— Guy est le nom qu'on me donne.

— Guy vient de sortir de l'hôpital, expliqua Ivy. Sa chambre était au même étage que la mienne.

— Vraiment ? répliqua Will sèchement sans quitter Guy des yeux. Je présume que tu portais autre chose que la serviette d'Ivy à ta sortie.

— Oui, son tee-shirt, lui répliqua Guy avec un large sourire que Will ne trouva absolument pas drôle.

— C'est une longue histoire, reprit Ivy.

— J'ai tout mon temps.

— Guy n'a pas de logement, poursuivit Ivy. C'est une période difficile pour lui et je lui ai proposé de prendre une douche ici. Je lui ai lavé ses vêtements, et ils sont encore en train de sécher. C'était la moindre des choses qu'on pouvait faire.

— En effet, on voit qu'il souffre, fit remarquer Will d'un ton sarcastique avant de poser ses paquets.

Ivy s'en voulait. Il s'était d'abord arrêté au *cottage* pour le plaisir de lui montrer les fournitures qu'il avait achetées.

— Mon problème, c'est que je ne me rappelle pas ce qui m'est arrivé, déclara Guy.

À sa façon d'incliner la tête, il parut évident que Will ne le croyait pas.

— Il ne ment pas, intervint Ivy. Il a oublié qui il est et d'où il vient.

— C'est pratique.

— Pas quand il pleut, répondit Guy.

— Kelsey et Dhanya m'ont parlé de toi, continua Will. Ce qui est drôle, c'est qu'Ivy, elle, ne t'a jamais mentionné.

Guy se contenta de jeter un rapide coup d'œil à Ivy.

— Et que personne ne semble te rechercher, ajouta Will. Je me demande bien pourquoi tes amis ou ta famille n'ont pas encore lancé un avis de recherche.

— Très juste. On pourrait en déduire que je ne leur manque pas beaucoup.

— Tu n'as été retrouvé que dimanche dernier, s'empressa de rappeler Ivy. Ça fait à peine une semaine. Peut-être qu'ils te savent en voyage et n'attendent pas de tes nouvelles.

Dépité par ce qu'il considérait visiblement comme de l'inconscience de la part d'Ivy, Will décocha à cette dernière un regard éloquent avant de reporter son attention sur Guy.

— Comment as-tu atterri à l'hôpital ? lui demanda-t-il.

— Des gens m'ont découvert inconscient sur la plage et ont appelé une ambulance, lui répondit Guy sans se départir de son sourire narquois.

— Quelle plage ?

— Lighthouse.

— De Chatham ? Dimanche dernier, à Chatham ?

— Lundi plus précisément, rectifia Guy. Juste après minuit.

— Je plains les services d'urgence !

— Qu'est-ce que tu veux dire ?

— Oh, ce n'est pas toi qui as « rencontré » une voiture cette nuit-là sur Morris Island ?

— Will ! s'insurgea Ivy, qui avait compris son sous-entendu. C'est ridicule ! Ils n'ont pas retrouvé le véhicule qui a causé notre accident.

— Et ils ne savent pas non plus qui est ce type, pourquoi il ne se souvient de rien, ni pourquoi il était inconscient pas loin de l'endroit où ta voiture a fini en épave ! s'exclama-t-il en faisant les cent pas. Je suis sûr que tu avais une bonne raison de quitter l'hôpital en portant le tee-shirt d'Ivy, reprit-il à l'adresse de Guy. Quelque chose me dit qu'il était un peu petit pour toi, non ?

— En effet.

Ivy se décida à relater ce qui s'était passé.

— Rassure-moi, marmonna Will, de plus en plus incrédule. Tu ne l'as quand même pas aidé à quitter l'hôpital alors que ses médecins ne lui avaient pas donné l'autorisation de sortir ? Alors qu'il avait encore probablement besoin de soins et avant, bien sûr, qu'il ait réglé sa note ?

— Je me suis fiée à mon instinct, déclara Ivy, sur la défensive. J'ai laissé à quelqu'un le bénéfice du doute. Tu devrais peut-être essayer de faire pareil un jour !

Tandis que Will accusait le coup, Guy se pencha vers Ivy pour attirer son attention.

— Tu m'as dit que la buanderie se trouvait à côté de la cuisine ? murmura-t-il.

— Oui.

— Merci, répondit-il avant de quitter la pièce.

— Will… Will, je suis désolée, reprit Ivy. Je vois bien que tu es contrarié. Je… j'avais de la peine pour lui.

Will tressaillit.

— Tu te souviens de l'été dernier ? Je n'arrivais pas à me rappeler ce qui m'était arrivé. Tout le monde pensait que j'avais essayé de me suicider, alors que je n'avais pas la moindre idée de la façon dont j'étais allée jusqu'à la gare. Tu as été si bon pour moi, le seul à me faire confiance. Tu t'es occupé de moi. Guy, lui, n'a personne.

— Il y a une légère différence, lui rappela Will posément. Je te connaissais. Je savais quel genre de personne tu étais.

— C'est vrai, concéda-t-elle. Tu as raison. J'ai agi en dépit du bon sens, ajouta-t-elle sans avouer qu'elle recommencerait sans hésitation si la situation se représentait.

Will vint s'asseoir près d'elle sur le canapé.

— Tu sais, Ivy, parfois, tu me fais vraiment peur, dit-il en lui passant un bras sur les épaules pour la serrer contre lui.

Chapitre 12

— Tu crois qu'il reviendra ? s'enquit Beth une demi-heure plus tard alors qu'Ivy et elle marchaient le long de l'allée bordée d'arbres fruitiers qui menait jusqu'au parking.

— Je ne sais pas, répondit Ivy en tournant la tête vers la balancelle, sur laquelle elle avait posé le sac à dos.

Après s'être réconciliée avec Will, elle avait voulu rejoindre Guy dans la buanderie. Or ce dernier, son argent, la pièce ornée de l'ange et ses vêtements avaient disparu. Il avait laissé la serviette rouge sur le lave-linge, et le sac à dos dans le *cottage*.

— Il dort dans le parc de Nickerson, révéla Ivy à Beth. Ça fait loin d'ici à pied.

— On pourrait apporter son sac et son tapis de sol à l'accueil des visiteurs. Ils ont peut-être un bureau des objets trouvés.

— Guy n'ira pas vérifier, affirma Ivy. Il est plutôt du genre à se cacher.

— Pourquoi ? lui demanda Beth d'un ton sec.

— Il préfère, c'est tout.

Beth se tut, mais son visage s'était rembruni.

Ivy était persuadée que Will lui avait raconté l'incident. Il avait d'ailleurs demandé à Beth de l'excuser auprès d'elle, car il avait décidé de ne pas les accompagner à Provincetown au motif qu'il était impatient de travailler sur son nouveau papier aquarelle. Ivy savait pertinemment à quel point il voulait visiter cette ville, vrai paradis des artistes. Ainsi donc, malgré les excuses qu'ils avaient échangées, il lui en voulait encore.

Le trajet d'une heure jusqu'à l'extrémité nord de la presqu'île de cap Cod se déroula dans un silence embarrassé. Ivy changea plusieurs fois de CD, dans l'espoir de trouver le style de musique qui favoriserait une reprise de contact fluide avec Beth. Elles arrivèrent sur le parking public de Provincetown sans que la glace ait été brisée.

La ville s'avéra aussi pittoresque et originale que le prétendaient les brochures publicitaires. Les deux amies flânèrent le long de ses rues, ainsi que dans les petites boutiques et galeries qui les bordaient. Elles discutèrent des tableaux, des pièces de sculpture diverses et des bijoux artisanaux en verre de mer qu'elles y découvraient. Ce faisant, leurs échanges semblèrent reprendre un cours naturel, tout en restant superficiels. À dix-sept heures trente, elles s'achetèrent chacune un thé glacé à la framboise et marchèrent vers la digue au bout de la ville. Formée de rochers noirs à la surface plane, celle-ci s'étirait sur plus d'un kilomètre et demi à travers le port de Provincetown, où elle constituait une allée praticable jusqu'à la plage en forme de doigt recourbé de Long Point. À peine dépassée la moitié du chemin, là où la plupart des promeneurs faisaient demi-tour, Beth et Ivy s'assirent sur un coin de pierre plat. Derrière elles s'étendaient les bâtiments bas de la ville en croissant de lune surplombée par la haute tour du monument aux Frères Pèlerins ; devant se dressaient les phares de Wood End et de Long Point.

Ivy joua un moment avec sa paille, avant d'oser aborder le sujet qu'elle pensait ne plus pouvoir éluder avec son amie.

— Je présume que Will t'a parlé de notre dispute.

— Oui, lui répondit Beth en lui adressant un bref regard en coin.

— J'ai été surprise par sa réaction envers Guy.

— À quoi est-ce que tu t'attendais ? lui rétorqua Beth avec une certaine agressivité.

— À sa compréhension. La situation de Guy est très difficile.

Beth garda le silence.

— Il ne sait pas qui il est, ni d'où il vient, poursuivit Ivy. Il essaie de ne pas le montrer, mais il a vraiment peur. Tu peux le comprendre, non ?

Après un moment d'hésitation, Beth hocha la tête lentement.

— Il n'a aucune idée de ce qui lui est arrivé. Beth, j'ai besoin de te demander un service. Est-ce que tu accepterais d'appliquer les mains sur les vêtements qu'il portait le soir où ils l'ont retrouvé ? Tu auras peut-être une vision qui lui donnera des indices sur ce qui s'est passé. C'est juste pour essayer de l'aider.

— L'aider ? s'exclama Beth d'un ton méprisant qui ne lui ressemblait pas.

— Oui, l'aider. Beth, tu ne peux quand même pas toujours prendre le parti de Will.

— Qui te dit que c'est ce que je fais ? lui rétorqua Beth sèchement.

— Je te prie de m'excuser, mais, dans le cas présent, c'est exactement ce que tu fais. Tu abondes dans son sens aveuglément, même. Qu'est-ce qui te permet de porter un jugement sur Guy ? Tu ne l'as même pas rencontré.

— Qu'est-ce qui te permet, à toi, de lui faire confiance ? riposta Beth. Tu ne connais même pas son nom.

— C'est vrai, mais je suis sûre de ce qu'il a… dans le cœur. Je ne suis pas médium comme toi, mais je sens de la bonté en lui.

— Will m'a raconté que c'était toi qui lui avais permis de s'enfuir de l'hôpital, de disparaître sans payer sa note et, pire, sans savoir pourquoi il se trouvait là. Ivy, il s'est battu, violemment. Will a vu les hématomes, et l'entaille dans son cou.

Ivy détourna les yeux.

— Et s'il avait tué quelqu'un ? poursuivit Beth.

— Quoi ?!

— Ivy, qu'est-ce qui t'arrive ? Tu tournes le dos à Will…

— C'est faux !

— … pour t'occuper d'un inconnu qui se sert de toi, c'est évident. Je ne sais pas ce qui se passe, mais tu as changé depuis l'accident.

— Je pourrais dire la même chose de toi.

Un long silence s'installa. Le regard dans le vide, Beth serrait dans ses doigts l'améthyste qui pendait à sa chaîne en or. Ivy contempla la mer qui venait lécher les rochers de la digue.

— Écoute, déclara Beth enfin, j'ai le pressentiment que quelque chose de terrible se prépare. Je n'arrive pas à m'en débarrasser. Je crois que la situation est vraiment grave.

Elle avait parlé avec désespoir plus qu'avec colère.

— Comment ça ?

— Je ne sais pas vraiment, bredouilla-t-elle d'une voix tremblante. Mais sois prudente. Ce n'est pas le moment d'accorder ta confiance à des inconnus.

Ivy posa doucement les mains sur celles de son amie.

— Je sais ce que je fais, murmura-t-elle. C'est moi qui te demande de me faire confiance.

Lorsqu'elles arrivèrent au *cottage*, Ivy remarqua aussitôt que le sac à dos et le tapis de sol de Guy avaient disparu. Beth considéra la balancelle vide d'un air inquiet, puis vérifia l'intérieur de la maison par la porte-moustiquaire avant d'entrer.

Seul Will s'y trouvait, assis sur le canapé, l'air absorbé dans le puzzle.

— Hé, Will ! lança Ivy.

— Salut, vous vous bien amusées ? leur demanda-t-il.

— Oui. Il y a des œuvres d'art incroyables là-bas. Tu adorerais ! répondit Ivy en feignant la bonne humeur.

Will l'étudia d'un œil incertain.

— Je suis sûr qu'il est difficile de tout voir en un seul après-midi. Ça te dirait d'y retourner avec moi ? s'aventura-t-il alors à lui proposer.

— Avec plaisir, accepta Ivy en prenant place sur une chaise placée en face du canapé. Mais avec assez d'argent en poche, cette fois. J'ai repéré au moins dix paires de boucles d'oreilles et autant de bracelets qui me plaisaient. Ce serait parfait pour mes cadeaux de Noël, conclut-elle en plaçant une pièce sur le puzzle.

— J'aimerais vous parler d'une idée que j'ai eue, annonça Will alors. Beth, viens t'asseoir, s'il te plaît.

Celle-ci, qui s'était dirigée vers la cuisine, fit demi-tour à contrecœur et se percha sur l'accoudoir du canapé.

— J'ai réfléchi à dimanche prochain, poursuivit Will. Est-ce que ça vous dirait de célébrer l'anniversaire de la mort de Tristan sur la plage de Race Point ? Je crois qu'il l'aurait bien aimée, et on pourrait y allumer un feu de camp en son honneur. Je me suis renseigné, ils sont autorisés sur tout le cordon littoral. Qu'est-ce que vous en pensez ?

Touchée par l'attention de Will, Ivy murmura, les larmes aux yeux :

— C'est une excellente idée.

— Je prévois d'aller chercher le permis à l'office du tourisme mardi après-midi, expliqua Will en regardant Ivy avec espoir. On pourrait s'y rendre ensemble et manger ensuite à Provincetown.

— Parfait, souffla-t-elle.

Beth se leva en silence.

— Où vas-tu ? lui demanda Will. Ça va ?

— Oui, murmura Beth avant de disparaître dans la cuisine.

— Est-ce qu'elle t'a parlé du mauvais pressentiment qu'elle avait ? s'enquit Ivy en se penchant au-dessus de la table basse.

— Non, mais ça doit être l'approche du 25, supposa Will en prenant la main d'Ivy dans les siennes. L'été dernier a été aussi dur pour elle que pour nous et il nous faudra à tous du temps pour oublier. On sera peut-être plus détendus une fois la date passée.

Ivy baissa les yeux vers leurs mains réunies. Elle aurait bien aimé pouvoir le croire.

Chapitre 13

Le lundi en fin de matinée, Ivy se dirigeait vers sa voiture quand elle marcha par inadvertance dans une flaque d'eau. Un orage avait éclaté peu avant l'aube. Tout en jetant sur la banquette arrière de sa Coccinelle le sac dans lequel elle avait mis une serviette de bain et ses partitions, elle se demanda si Guy avait réussi à s'abriter de la pluie.

— Juste à temps.

Elle sursauta.

— C'est vraiment facile de te faire peur, déclara Guy qui venait d'émerger des buissons entourant le parking de l'auberge. À quoi est-ce que tu pensais ?

Ivy décida de mentir pour ne pas trop flatter son ego.

— À la musique. Je vais répéter.

— Où ça ? lui demanda Guy, son sac à dos en bandoulière, ses vêtements humides et fripés.

— Chatham. On me laisse utiliser le piano de l'église.

— Est-ce que je peux venir avec toi au moins jusque là-bas ?

— La portière est ouverte, annonça-t-elle après avoir cliqué deux fois sur sa clé électronique. Où vas-tu ? s'enquit-elle tandis qu'il jetait à son tour son sac à l'arrière de la voiture.

— À la plage de Lighthouse.

— Tu t'es souvenu de quelque chose ?

— Non. Mais j'espère que ça se fera si je revois l'endroit.

Ivy hésita un instant à lui proposer de l'accompagner, mais elle avait décidé de traiter Guy comme on traite un chat : une créature qu'on laisse venir à soi sans l'y forcer.

Alors qu'elle quittait le parking, elle aperçut dans le rétroviseur que la paire de chaussures qu'elle lui avait achetée était encore nouée à la lanière du sac à dos.

— Je n'ai pas pris la bonne pointure ? demanda-t-elle à Guy.

— Non… Mais je suis content de les avoir en souvenir.

— Il suffirait de les échanger pour une pointure plus grande, lui fit-elle observer.

— Non, trop compliqué… Par contre, tu peux les récupérer si tu veux. Quelque chose me dit qu'elles devraient aller à Will, ajouta-t-il avec un sourire narquois.

— Si tu étais venu avec moi dans ce magasin, lui répliqua-t-elle brusquement, ça aurait été beaucoup plus simple.

Ils ne recommencèrent à parler qu'une fois sur la route 28.

— Tu dois jouer souvent si tu répètes même pendant l'été, déclara Guy.

— Oui, répondit-elle alors qu'il se tournait sur son siège pour attraper quelque chose sur la banquette arrière.

Étant donné l'exiguïté de la Coccinelle, leurs bras s'effleurèrent. Troublée par ce contact, Ivy se sentit prise de vertiges et fut soulagée de voir Guy se réinstaller pour s'absorber dans la partition qu'il avait tirée de son sac. Les lèvres serrées, elle fit tout son possible pour recentrer son attention sur la route.

— Quel genre de musique aimes-tu ? lui demanda-t-elle au bout d'un moment. En dehors de « Si je t'aimais », bien sûr.

— Je ne m'en souviens plus. La seule chose que je sais, c'est que mon groupe favori s'appelle Providence… Ah ! non, pardon, ça, c'est le nom de la ville la plus proche.

Ils rirent.

— Est-ce que tu jouerais pour moi ?

Sa requête la surprit.

— Mon répertoire est très classique, le prévint-elle.

— Ce n'est pas grave, puisque je n'ai pas de goûts, ironisa-t-il.

Quelques minutes plus tard, elle garait la voiture sur le parking de l'église.

— Il faut que j'aille chercher la clé au presbytère.

Guy la suivit jusqu'à un petit bâtiment au toit de bardeaux relié à l'église par un passage couvert. Ils entendirent la sonnerie retentir par les fenêtres ouvertes. La voix du père John répondit de l'extérieur :

— Je suis derrière !

Guy s'empressa de dérouler sur ses poignets les manches relevées du sweat-shirt qu'il portait sur un jean. Ils trouvèrent le prêtre dans le jardin, en salopette de denim, les doigts noircis de terre sablonneuse, ses hautes pommettes saillantes luisantes de transpiration au soleil. Ivy lui présenta Guy.

Les deux mains levées pour s'excuser, le père John le salua d'un signe de la tête.

— C'est mon jour de congé, leur dit-il.

— Vous travaillez dur pendant vos heures de repos, observa Ivy.

— Oui, mais c'est pour le plaisir, lui répondit-il en souriant.

Il se tenait à côté d'une clôture de piquets blancs, qui encerclait un grand jardin potager et le long de laquelle il creusait une tranchée.

— Je plante des rosiers, leur expliqua-t-il en leur indiquant des sacs de tourbe et d'humus empilés là. Bien sûr, cap Cod en est couvert, mais ce sont des rosiers du Japon. Je sais que c'est ridicule de ma part de creuser des trous dans le sable et de les remplir de terre noire pour y faire pousser des rosiers thé, mais je les trouve plus élégants.

Ivy sentit Guy se détendre un peu.

— Vous allez jouer ? Tenez, poursuivit le prêtre en attrapant le trousseau de clés qui pendait à sa ceinture. Rapportez-les-moi quand vous aurez ouvert la porte.

Une fois devant l'église, Guy offrit à Ivy de rendre les clés lui-même. Au bout d'un quart d'heure, comme il n'était toujours pas revenu, elle dut admettre l'évidence : Guy ne savait pas dire au revoir ; il disparaissait. Ayant terminé ses gammes, elle s'efforça de l'oublier en concentrant son attention sur le nouveau morceau que son professeur de musique lui avait demandé de préparer. Après un long et ardu travail de déchiffrage, elle gagna en assurance et s'émerveilla comme à chaque fois de sentir la musique naître sous ses doigts.

Une heure plus tard, alors qu'elle rassemblait ses affaires, la porte de l'église s'ouvrit. Guy s'approcha d'elle d'un air satisfait.

— J'ai trouvé du travail.

— Du travail ?

Des gouttes de transpiration perlaient sur son front et le bas de son sweat-shirt était taché de noir. Il pointa dans la direction du jardin une main couverte de terre sableuse.

— Je l'ai aidé, histoire de m'occuper. Il en a déduit que j'aimais bien ce genre de travail. Du coup, il va me mettre en contact avec un de ses paroissiens qui recherche de l'aide pour l'été.

— Formidable ! s'exclama Ivy. Il ne t'a pas demandé de références ?

— Je me suis inventé un nom et un numéro de téléphone.

— Quoi ?

— Avec un peu de chance, personne n'ira vérifier.

— C'est vrai, mais...

Ivy ne finit pas sa phrase.

Le bleu sur le visage de Guy, estompé par son bronzage, se remarquait à peine. Et avec la brise qui soufflait ce matin-là, le prêtre ne s'était sans doute pas demandé pourquoi Guy n'avait pas ôté son sweat-shirt ni même roulé ses manches.

— Tu ne me fais pas confiance, c'est ça ? reprit Guy. Will a réussi à semer le doute dans ton esprit...

— Will n'a rien à voir dans cette histoire, l'interrompit-elle. Je suis parfaitement capable de douter par moi-même.

Guy la dévisagea un instant, avant d'éclater de rire à gorge déployée.

— Tu es tellement honnête ! s'exclama-t-il en allant s'asseoir sur un banc, les bras sur le dossier. Allez, joue-moi quelque chose. J'ai la nette impression que je n'étais pas quelqu'un de très distingué. Je devrais facilement être épaté.

— J'ai une pile entière de partitions pour comédies musicales chez moi, dans le Connecticut, lui dit-elle en feuilletant celles qu'elle avait apportées à la recherche d'un morceau léger et mélodieux. Un garçon que j'ai aimé les adorait.

— Tu ne l'aimes plus ?

— Si, lui répondit-elle en relevant la tête. Je l'aimerai toujours.

— Il t'a laissée tomber ?

— Il est mort.

Bouche bée, Guy se redressa sur son banc.

— Je suis désolé, bredouilla-t-il. Je... je ne savais pas... Comment... ça s'est passé ?

— On l'a assassiné.

— Nom de Dieu ! s'exclama-t-il en sautant sur ses pieds.

Ivy inspira profondément.

— Si c'était une prière, tu es au bon endroit, déclara-t-elle en se remettant à chercher un morceau. Brahms... ça devrait aller, décida-t-elle.

Elle se mit à jouer, emplie du sentiment grandissant que son histoire avec Tristan resurgissait.

Les mains dans les poches, le regard toujours rivé sur elle, Guy fit le tour du piano. Puis il prit l'allée latérale où il s'arrêta devant chaque vitrail. En étudiait-il les détails ou bien regardait-il dans le vide ? Y voyait-il le présent ou des bribes du passé ? « Concentre-toi sur maintenant, s'ordonna Ivy. Concentre-toi sur ceux qui ont besoin de ton aide *maintenant.* » Le morceau qu'elle jouait détendrait peut-être Guy suffisamment pour que son esprit laisse remonter à la surface des pans de mémoire qu'il refoulait. Une fois Brahms fini, elle enchaîna aussitôt avec un morceau qu'elle connaissait par cœur : le premier mouvement de la sonate pour piano n° 14 de Beethoven. Alors qu'elle en interprétait les dernières notes, elle sentit Guy derrière elle.

— Tu joues de mémoire, murmura-t-il.

Ivy lui répondit d'un signe de tête affirmatif.

— Je ne me souviens même pas de mon nom, et toi, tu joues un morceau entier de mémoire.

La gorge d'Ivy se serra. Cette sonate si liée à Tristan la faisait souffrir, mais elle n'aurait voulu l'oublier pour rien au monde – l'expérience de Guy lui avait au moins appris cela.

— C'est un morceau que tu adores, ou que lui adorait, supposa Guy.

— Oui, répondit Ivy en refermant le piano avant de rassembler ses partitions.

— La *Sonate au clair de lune*, annonça-t-il soudain. Le premier mouvement de la sonate n° 14 de Beethoven.

Ivy fit volte-face.

— Ha ! s'exclama Guy en reculant d'un pas. D'où est-ce que je sors ça ?

Ils se regardèrent un moment les yeux dans les yeux, puis Ivy dit avec un sourire :

— Et tu pensais ne pas être distingué ?

Ils s'arrêtèrent en haut de l'escalier près du phare de Chatham, là où Ivy s'était tenue huit jours plus tôt en compagnie de Will. Chauffée par le soleil de l'après-midi, la large plage, dont le sable s'étalait sur six cents mètres au moins jusqu'au rivage, étincelait comme du fer-blanc. Au-delà, d'un bleu semblable à celui du verre de mer qu'Ivy aimait tant, l'océan s'incurvait vers le sud à perte de vue.

Ils s'étaient acheté un sandwich et une canette de soda dans le café près de l'église et Ivy avait donné à Guy sa serviette.

— Est-ce que tu veux que je vienne te chercher dans une heure ? Je passe par là pour rentrer au *cottage*. Ça t'évitera de repartir à pied jusqu'au parc. C'est loin d'ici.

Guy avait le regard braqué sur la plage.

— Tu accepterais de descendre avec moi ? balbutia-t-il.

Elle se retint de crier : « Mais bien sûr ! J'espérais que tu me le demanderais. Je ferai tout ce que je peux ! »

— Oui. J'aime bien cette plage, répondit-elle à la place.

Une fois en bas de l'escalier, elle le laissa passer devant, pour ne pas risquer d'éteindre une étincelle de souvenir qui pourrait jaillir. Elle le suivit donc jusqu'à ce qu'ils atteignent le sable humide, où, comme lui, elle ôta ses chaussures. Puis elle marcha à ses côtés, vers le sud. De jeunes enfants allaient et venaient au bord de l'eau frangée d'écume, dans laquelle ils plongeaient des seaux en plastique pour les remplir. Un père jouait au Frisbee avec sa progéniture. Une femme d'âge moyen sortit des vagues, un canot pneumatique à la main, ses cheveux en pics mouillés et le sourire aux lèvres. Sous un parasol rayé, un garçon, qui finissait une partie d'échecs avec un adulte, poussa un cri de victoire. Ivy, à qui la scène venait de rappeler combien Philip avait aimé jouer à ce jeu avec Tristan, se retourna vers les inconnus. Ce faisant, elle remarqua que Guy s'était arrêté pour les observer aussi.

— Tu avais les sourcils froncés, lui dit-elle quand ils reprirent leur marche.

— Pendant un moment, j'ai pensé… j'ai pensé que je connaissais le gamin.

Ils poursuivirent leur chemin en silence jusqu'à ce qu'ils arrivent devant un panneau indiquant la fin de la zone de baignade autorisée.

— L'officier de police qui m'a interrogé a déclaré qu'ils m'avaient trouvé à une cinquantaine de mètres d'ici, dit Guy.

Il longea le bord de l'eau sur cette distance avant de s'arrêter pour regarder alentour.

— Ce n'était pas très malin de ma part de venir nager à minuit dans un endroit où les courants sont dangereux, déclara-t-il froidement.

— Est-ce que tu es sûr que tu nageais ?

— D'après les médecins, j'avais assez d'eau dans le corps pour inonder une armée.

— D'accord, mais tes blessures prouvent que tu as été pris dans une sorte de bagarre. Peut-être que tu as perdu connaissance sur la plage. Tu sais nager ?

Il regarda la mer d'un air méfiant.

— Ce n'est pas le cas de tout le monde ? demanda-t-il.

— Non.

Il baissa les yeux.

— L'eau… me dérange, reprit-il. Je n'ai pas envie d'y entrer. En fait, elle me fait peur, admit-il en repartant vers le sable sec.

— C'est normal après ce qui t'est arrivé, le rassura Ivy en dépliant la serviette là où il avait posé son sac à dos, à six mètres environ de la ligne de pleine mer. N'importe qui aurait peur. Tu t'es presque noyé.

— Je ne reconnais rien, se désespéra-t-il en étudiant les habitations disséminées dans les dunes.

Là-dessus, il ôta son sweat-shirt, son tee-shirt, et s'assit sur la serviette près d'Ivy.

La force et la vulnérabilité qui se dégageaient de son corps la laissèrent bouche bée. Son dos et ses épaules étaient larges et musclés, mais l'ombre de ses ecchymoses donnait à sa peau une pâle teinte gris-vert.

Le désir d'Ivy de le prendre dans ses bras pour le protéger du sentiment de confusion et d'angoisse qui l'obsédait était si fort qu'elle se détourna. « Ange d'eau, aidez-le », pria-t-elle avant de lui demander :

— Est-ce que tu crois aux anges ?

— Non. Et toi ?

— Oui, répondit-elle avec conviction.

Elle le regarda à la dérobée et remarqua que les coins de sa bouche s'étaient relevés. En son temps, Tristan avait réagi à cette question avec la même expression amusée.

— Par contre, je crois qu'il existe des personnes qui se comportent comme des anges, reprit-il. Elles apparaissent à l'improviste, au moment où on a besoin d'elles. Le petit garçon qui m'a donné ça en fait partie.

Il sortit de sa poche la pièce dorée marquée d'un ange.

— Il est entré dans ma chambre à l'hôpital et il s'est mis à me parler comme s'il m'avait toujours connu. Ce gamin était spécial. J'ai eu l'impression qu'il me transperçait du regard et comprenait chez moi des choses qui m'échappent.

Ivy lui prit la pièce des mains.

— Ce garçon… c'est mon frère, lui révéla-t-elle.

— Ton frère ?

Il plissa les yeux comme s'il essayait de forcer sa mémoire.

C'est alors que le téléphone d'Ivy sonna. Tous deux se tournèrent vers son sac. Au bout d'une minute, la sonnerie familière s'arrêta, pour recommencer un instant après.

— Tu ne réponds pas ? s'enquit Guy.

— Plus tard, lui répondit Ivy en lui rendant la pièce. Je… euh… j'ai envie d'aller me mouiller les pieds.

Troublée par le sentiment que, pas plus qu'elle ne saurait lutter contre la mer, elle ne pourrait combattre le lien profond qui l'attachait apparemment à Guy, elle se leva. Le tourbillon des vagues autour de ses jambes et les picotements provoqués sur sa peau par le froid de l'eau l'apaisèrent. Elle avait appris à nager avec Tristan, puis suivi des cours de perfectionnement après la mort de Gregory.

Pourtant, la force du ressac et des embruns l'effrayait autant qu'elle l'attirait.

Elle resta immobile longtemps avant de revenir sur le sable, où elle s'accroupit pour observer des coquillages et des galets rassemblés en un croissant étincelant. Lorsqu'elle releva la tête, elle remarqua que Guy s'approchait d'elle tout en la dévisageant avec une intensité telle qu'elle en fut embarrassée. Elle se mit debout, pendant que lui finissait de la rejoindre.

— Tes cheveux ! s'exclama-t-il, le sourire aux lèvres.

Elle les attrapa pour les emprisonner dans sa main.

— Qu'est-ce qu'ils ont ?

— Ils sont… sauvages.

Fouettés par le vent comme ils l'étaient, elle s'imagina qu'ils ressemblaient à des algues dorées ballottées par des courants.

— Dis donc, badina-t-elle, est-ce que je me moque des tiens ?

« Non pas que j'aie une raison de le faire », songea-t-elle intérieurement. Sa chevelure blond cendré était bouclée comme celle d'une statue de héros grec.

Guy partit d'un grand éclat de rire, que la sonnerie du téléphone interrompit. Il tourna la tête.

— Encore la même mélodie, remarqua-t-il. Je ne sais pas pourquoi, mais j'ai l'impression que c'est Will.

— C'est lui.

— Je crois que je lui ai fait peur hier.

Face au silence d'Ivy, il poursuivit :

— J'ai bien pensé à lui assurer qu'il n'avait aucun motif de s'inquiéter… Mais il en a peut-être ?

— Qu'est-ce que tu veux dire ?

Il sourit.

— Eh bien… à l'hôpital, tu as refusé que je me fasse passer pour ton petit copain. Il fallait que je sois ton frère.

Ivy retourna un coquillage du bout du pied et le contempla, comme fascinée.

— Quand une fille fait ça, il y a deux possibilités, reprit Guy : soit elle est très amoureuse du gars avec qui elle sort, soit elle se sent coupable de ne pas l'être.

Ivy se baissa pour ramasser le coquillage.

— Quelle est la vérité dans ton cas ?

Au lieu de répondre, Ivy se redressa et voulut lui montrer sa découverte. Sans même y jeter un coup d'œil, Guy captura délicatement une mèche de ses cheveux.

La légère pression de son toucher et la langueur de son regard ombré par ses longs cils blonds recourbés firent palpiter le cœur d'Ivy. Il tourna la tête vers elle et saisit à deux mains sa chevelure ébouriffée. La repoussant doucement vers l'arrière, il glissa ses doigts sur sa nuque comme s'il avait délicatement cueilli un bouton de fleur. Puis ses yeux vinrent se poser sur sa bouche. Lentement, il se pencha.

Au même instant, une lame froide leur cingla les jambes et tous deux firent un bond en arrière.

— Désolé, marmonna Guy d'un air gêné. C'est cette eau…

— Pareil pour moi, bredouilla Ivy.

Un silence inconfortable s'ensuivit, qu'Ivy rompit en déclarant :

— J'ai faim. On va manger ?

Il opina d'un signe de tête. Ils repartirent s'installer sur la serviette, où ils prirent leur pique-nique sans parler. Ivy terminait à peine son sandwich lorsque son téléphone sonna pour la quatrième fois. Elle se tourna pour ouvrir son sac. Guy eut un petit rire, fredonna la mélodie, puis lança :

— Je savais que tu craquerais !

— Vraiment ? lui répliqua-t-elle, sa main réapparaissant avec un livre de poche et des lunettes de soleil.

Hilare, Guy plia son sweat-shirt pour qu'elle puisse s'en servir d'oreiller, et posa sa propre tête sur son tee-shirt roulé en boule. Cinq minutes plus tard, sa respiration lente et régulière ne laissa aucun doute à Ivy sur le fait qu'il dormait à poings fermés.

Elle attrapa son téléphone. Beth l'avait appelée une fois. Will lui avait laissé trois messages et envoyé trois SMS. Ivy consulta le premier : « Où es-tu ? »

« Parce qu'il faut que je te dise tout ce que je fais maintenant ? » s'emporta-t-elle intérieurement avant de regretter sa colère. Elle cliqua sur le deuxième message, dans lequel il s'excusait de ce qu'il lui avait dit sur sa boîte vocale. Étant donné la tension qui existait entre eux, elle préféra ne pas écouter et se contenta de lire son dernier texto : « Ça va ? avait-il écrit. B. a peur. Un de ses pressentiments. Suis fou d'inquiétude. »

Ivy soupira. Elle ne pouvait pas reprocher à Will de faire confiance à Beth. Pourtant, cette fois, celle-ci se trompait.

« À la plage, répondit-elle à tous les deux. Serai rentrée pour 16 heures. »

Sur ce, elle éteignit son téléphone et le remit dans son sac. Son regard s'arrêta sur Guy. Elle tendit vers lui un bras prudent et lui effleura les cheveux. Puis elle s'allongea tout près de lui. Pour la première fois depuis un an, elle eut envie de vivre pleinement l'instant présent.

Chapitre 14

Ivy déposa Guy devant le parc de Nickerson peu avant dix-huit heures. Lorsqu'elle arriva enfin au parking de l'auberge, elle remarqua une voiture de sport jaune vif garée entre la Jeep de Kelsey et l'Audi de Dhanya. Des bruits de voix retentissaient près du *cottage*. Avant d'aller voir, Ivy prit le temps de consulter ses messages. Dans l'un d'eux, Will la prévenait que les nouveaux amis de Dhanya et de Kelsey venaient pour un barbecue. « Passe nous voir un de ces jours », avait-il ajouté. Son inquiétude s'était manifestement transformée en sarcasme, ce qui, d'une certaine façon, simplifierait les rapports.

Les préparatifs pour la soirée étaient bien avancés. Une vieille table de banquet sortie du hangar de tante Cindy trônait au milieu du jardin, recouverte d'une nappe à carreaux. Quelques fauteuils, habituellement sur la véranda de l'auberge, occupaient désormais la pelouse.

Will remuait les braises dans le gril.

— C'est sympa de passer, dit-il à Ivy en la voyant approcher.

Beth finit de poser sur la table de grands saladiers remplis de bretzels et de chips, et repartit vers le *cottage* sans se retourner.

— Salut ! lui lança Ivy.

Sans un mot, Beth lui décocha un coup d'œil et tourna aussitôt la tête vers Will, ce qui mit Ivy dans tous ses états. Ne jurait-elle donc plus que par lui ?

— Salut, ma belle ! Tu étais où ? lui demanda Kelsey, occupée à monter le filet de badminton avec un garçon aux cheveux noirs.

— En balade, lui répondit Ivy. Je vois que je suis rentrée juste à temps.

— Oui, mais c'est toi qui feras le nettoyage !

Ivy éclata de rire. Pour une fois, elle avait envie de se laisser séduire par l'exubérance de Kelsey. Sa bonne humeur contrebalançait l'accueil glacial de Beth et de Will.

— Les canettes sont dans la glacière, mais je te préviens, il n'y a rien de bon, ajouta Kelsey avec un signe de tête significatif en direction de l'auberge.

Ivy présuma que tante Cindy avait interdit toute boisson alcoolisée.

— Merci, Kelsey, lui dit-elle, je reviens tout de suite.

Dans la cuisine du *cottage*, Dhanya préparait une sauce au son des bracelets en or, en argent et en cuivre qui tintaient à son poignet. Un garçon, assis sur une chaise, un pied sur un genou, la regardait faire. Ivy supposa qu'il s'agissait du fameux Max. Sa chemise en soie semblait le confirmer. De style hawaïen, les motifs bleus, verts et jaune citron tranchaient nettement sur le fond à dominante beige que constituaient son bronzage, le châtain terne de ses cheveux et le marron ambré de ses yeux. Il pivota vers Ivy et lui sourit de toutes ses dents ultrablanches.

— Max Moyer, se présenta-t-il en lui tendant la main.

— Ivy Lyons, répondit-elle, amusée par le fait qu'il ne lui vienne même pas à l'idée de se lever.

Elle s'approcha de lui et constata, ce faisant, qu'il portait la même marque de chaussures bateau que Gregory.

— On m'a raconté beaucoup de choses sur toi, annonça-t-il.

— Et tu crois tout ce qu'on te dit ? répliqua Ivy d'un ton doucereux.

Un instant désarçonné, Max lança :

— Oui, Dhanya ne me mentirait pas !

La prénommée leva un œil discret, mais garda le silence.

— Dans ce cas, ne retiens que le positif, s'il te plaît, reprit Ivy.

Là-dessus, elle lui tourna le dos pour s'adresser à Dhanya :

— Alors, qu'est-ce que tu prépares ?

— Du fromage frais à l'aneth. Dis-moi ce que tu en penses, fit Dhanya en présentant à Ivy un peu de sa préparation dans une cuillère propre.

— Miam, je choisirai ma place en fonction de l'endroit où se trouvera le bol, voilà ce que j'en pense.

— Je peux goûter aussi ? demanda Max en se redressant sur sa chaise.

Il se servit d'un cracker et le plongea dans la sauce.

— Qu'est-ce que c'est bon ! s'exclama-t-il en replongeant son biscuit à demi croqué dans le bol.

Dhanya glissa un regard dépité à Ivy et s'empressa d'extraire à la spatule la partie qui avait été en contact avec le cracker.

Refoulant son envie de rire, Ivy monta à l'étage pour se changer.

Quand elle rejoignit les autres à l'extérieur vêtue d'un short et d'un haut propres, Max se tenait à côté de Will, qu'il regardait retourner les hamburgers sur le gril.

— Tu vas dans une fac que tu ne connais pas et tu ne veux pas t'inscrire dans une association ? s'exclama-t-il, ses yeux clairs écarquillés par la surprise. Mais qu'est-ce que tu vas faire de tes journées ? Tu vas t'ennuyer à mort.

— Je trouverai bien à m'occuper, lui répondit Will. En étudiant, par exemple.

— Comment veux-tu rencontrer des gens de cette façon ? persista Max. Facebook, c'est chouette, mais les associations, c'est ça, le creuset et la richesse de l'Amérique.

— Je ne les avais encore jamais considérées sous cet angle-là ! s'esclaffa Will.

Beth écoutait, assise à quelques pas d'eux. Il n'y avait rien d'anormal dans son attitude : en groupe, elle gardait généralement ses distances pour observer et prendre mentalement des notes en vue de l'élaboration de futurs dialogues et de possibles intrigues. Toutefois, elle s'en tenait habituellement à ce rôle avec un plaisir visible, ce qui ne semblait absolument pas être le cas ce jour-là. On aurait plutôt dit qu'elle était en pleine révision d'examen.

— Personne ne veut jouer avec nous ? demanda Kelsey.

— Vous êtes trop sérieux pour moi ! lui répondit Ivy en allant s'installer sur la balancelle avec une canette de soda.

Dusty, qui l'avait suivie, sauta sur ses genoux.

— Pour moi aussi ! dit Max à son tour. Avec Bryan, je m'en tiens aux jeux électroniques.

Celui-ci, de taille moyenne quoique solidement charpenté, leva les coudes et, le regard braqué sur son ami, se mit à glousser comme une poule.

Max se détourna avec un haussement d'épaules.

— On arrête ! lança alors Bryan à Kelsey. J'ai soif.

Il se dirigea à grands pas vers la glacière, dans laquelle il fureta bruyamment avant de s'exclamer :

— Il n'y a pas de Red Bull ?

— Non, que des Mountain Dew[8] et du Coca, l'informa Dhanya.

— Nous sommes chez des personnes distinguées, déclara Max en levant sa canette en l'honneur de l'amie de Kelsey.

— Il devrait y avoir du vin à ce moment-là, maugréa Bryan.

Tout en continuant à jurer dans sa barbe, il s'empara d'un Coca et alla s'asseoir sur la balancelle.

Son arrivée perturba Dusty, qui s'enfuit d'un bond.

— Je t'aime bien aussi, le chat ! lui lança Bryan. Et toi, tu es qui ? demanda-t-il à Ivy.

— Tu le sais très bien, siffla Kelsey, qui l'avait suivi.

— C'est Ivy… l'aida Max.

— La chère et tendre de Will, précisa Kelsey.

— C'est très limité comme carte de visite, commenta Bryan.

Ivy se retint de répliquer.

— Ravie de faire ta connaissance, dit-elle simplement.

La physionomie, les mouvements et l'ampleur des pectoraux de Bryan indiquaient sans erreur possible que c'était un véritable sportif. Il était vêtu d'un tee-shirt arborant la mention *Boston University* et d'un short également marqué à l'insigne de l'établissement. Il avait d'épais cheveux noirs et des yeux d'un vert saisissant. Quant à son teint irlandais, il donnait à son bronzage une nuance plus rougeâtre que celle de Max.

Kelsey approcha une chaise longue de la balancelle.

— On a raconté votre accident à Bryan et Max, révéla-t-elle à Ivy.

---

8. Autre marque de soda américain.

— À vous voir, toi et Beth, on ne se douterait jamais de ce qui vous est arrivé, affirma Bryan. Comment te sens-tu ?

— Bien. Comme avant.

— Quel genre de voiture vous a envoyées dans le décor ? s'enquit Max en s'approchant.

— Une Ferrari Italia 458, je parie. Comme celle de Max, ironisa Bryan. Les propriétaires de Ferrari croient toujours que la route leur appartient.

— Étant donné que je n'ai vu que les phares, intervint Ivy, je n'ai aucune idée de quel type de voiture il s'agissait.

— Est-ce qu'ils éclairaient bas ? s'enquit Max en plongeant un bretzel qu'il avait déjà croqué dans un bol de sauce.

Ivy jeta un coup d'œil dans la direction de Beth.

— Ce n'est pas comme si on avait été témoins de notre accident, répondit-elle. Ni Beth ni moi n'avons prêté attention à ce genre de détails.

Bryan hocha la tête d'un air compréhensif et vint poser une main sur le bras d'Ivy.

— Vous avez dû avoir peur, murmura-t-il.

Les deux pieds de Kelsey vinrent immédiatement s'insérer entre eux deux.

— Je me demande ce qu'est devenu le gars de l'hôpital, lança-t-elle. Tu sais, Ivy, le bel amnésique ?

Ivy sentit Will se raidir.

— Le bel amnésique ? répéta Max.

— Ouais, un gars qu'ils ont repêché dans l'océan à Chatham, le soir de l'accident.

— Tu plaisantes ! s'exclama Bryan avant de se tourner vers Max : Tu crois qu'il était à ta fête ?

— Non, répondit Kelsey à la place de Max. Il est tellement beau que je l'aurais reconnu, même roué de coups. Il a des yeux incroyablement séduisants.

L'étincelle dans ceux de Bryan eut beau être brève, Ivy ne manqua pas de la remarquer. Kelsey avait réussi à appuyer exactement à l'endroit où cela faisait mal, chez lui, et chez Will. À la différence près que Bryan avait l'art de dissimuler toute jalousie, alors que Will ne parvenait pas à décolérer.

— Je ne suis pas vraiment de ton avis, intervint Dhanya. Personnellement, il m'a fait peur.

— Amnésique... chuchota Bryan d'un air songeur. Mais pourquoi n'y ai-je jamais pensé ? « Je ne sais pas, monsieur l'agent, ça ne me rappelle rien du tout... », « Je n'en ai aucune idée, maman... », « Vraiment, ma chérie ? Je ne m'en souviens absolument pas... ». C'est super comme excuse !

Will apprécia la plaisanterie ; Ivy changea de sujet.

— Est-ce que tu fais du sport à la fac ? demanda-t-elle à Bryan.

— Oui, avec l'équipe de hockey.

— C'est vrai ? dit Will, soudain intéressé. Elle a bonne réputation.

— Tu joues depuis longtemps ? reprit Ivy.

— Je ne me souviens même plus de la première fois où je suis monté sur des patins et que j'ai tenu une crosse. Je ne devais même pas avoir six mois.

— Un enfant prodige ! s'esclaffa Kelsey. Il marchait à six mois !

— Non, lui répondit-il avec un rictus. Mais je savais patiner.

— Ton père faisait du hockey aussi ? lui demanda Ivy.

— Non. Mais ma mère, oui. Comme toute sa famille, ses frères en tout cas. D'ailleurs, le propriétaire de la patinoire à Harwich est mon oncle. Je travaille ici pour lui tous les étés. Je donne des cours à des groupes. Et j'en profite pour m'entraîner. Ça me permet de rester en forme pour la saison suivante.

— Six heures du matin... ronchonna Max. Ce malade va à la patinoire tous les matins pour six heures, même s'il sort tout juste d'une soirée.

— Il exagère, susurra Bryan en s'adressant à Ivy avec un air mutin. Je m'arrange toujours pour partir à quatre heures et demie au plus tard. De cette façon, j'ai au moins une heure de sommeil avant de mettre un pied sur la glace.

Comme Ivy hochait la tête avec un regard appréciateur, Bryan partit d'un grand éclat de rire.

— Et si tu venais prendre des cours un de ces jours ? lui proposa-t-il. Des cours particuliers, bien sûr, ajouta-t-il, le sourcil levé. Je suis un très bon moniteur.

Ivy craignit le pire.

— On n'a plus de *salsa*, annonça Kelsey. C'est à ton tour d'aller en chercher, Ivy.

— Avec grand plaisir, répondit celle-ci, heureuse de céder sa place sur la balancelle et certaine qu'elle serait occupée à son retour.

Décidément, c'était la journée où tout le monde cherchait à toucher la corde sensible de l'autre.

Chapitre 15

Le premier jour, tante Cindy leur avait expliqué que, dans une auberge, où le travail consistait à servir les clients dans la bonne humeur, toute dispute ou absence de communication avec un ou une collègue était prohibée. « Réglez le problème ou faites comme s'il l'était », leur avait-elle ordonné.

Le mardi matin, Ivy et Will avaient tous les deux été assignés au petit déjeuner. Aussi prétendirent-ils que leur entente était parfaite. Lorsqu'un petit jeta sa tartine de confiture par terre, et qu'ils se cognèrent la tête en voulant la ramasser, Ivy sourit.

— Je l'ai, lui dit Will en attrapant le bout de pain dégoulinant.

Avant qu'Ivy n'ait eu le temps de se relever, le bambin, perché sur une chaise haute, renversa son lait. Ivy sentit le liquide se répandre sur sa tête, puis lui couler dans le dos. Will la regardait d'un air si consterné qu'elle en éclata de rire, d'autant qu'il ne trouva pas mieux que de lui essuyer les cheveux avec un coin de la nappe en lin.

À la fin de leur service, une fois les tables nettoyées et le lave-vaisselle en route, les crispations qui les avaient tenus éloignés la veille n'étaient presque plus qu'un mauvais souvenir.

— Il faudrait qu'on parte à trois heures moins le quart au plus tard, déclara Will alors qu'ils sortaient tous deux de l'auberge. Ça nous donnerait le temps d'aller chercher le permis pour le feu de camp et de voir à quoi ressemble la plage avant de manger à Provincetown.

— Bonne idée, acquiesça Ivy.

Ayant envie de jouer du piano, elle monta prendre ses partitions dans sa chambre et se rendit à l'église en voiture. Elle était déterminée à répéter avec le sérieux et la régularité qu'elle appliquait chez elle le restant de l'année. Cependant, une fois installée au clavier, elle eut peine à canaliser son esprit, qui ne cessait de rejouer malgré elle certaines scènes de la journée précédente – Guy, debout derrière elle, alors qu'elle interprétait la sonate ; puis debout devant elle, au bord de l'eau, le visage près, si près du sien.

Elle parvint enfin à se concentrer et répéta assidûment pendant plus d'une heure. Puis elle voulut jouer les morceaux qu'elle connaissait par cœur, *To Where You Are* et la *Sonate au clair de lune*. Or à peine eut-elle commencé cette dernière qu'elle dut s'interrompre. Elle avait repensé à Guy, à la façon dont il s'était promené dans les travées la veille et, surtout, au fait qu'il connaissait le titre du premier mouvement de Beethoven. Les bras lui en tombèrent : le souvenir de Guy avait envahi son esprit pendant un morceau qui la liait à Tristan !

— Pourquoi tu t'arrêtes ?

Ivy redressa vivement la tête.

— Je ne t'ai pas entendu entrer.

— Je sais.

Guy était assis au bout d'un banc à mi-hauteur entre l'entrée de l'église et l'autel.

— Pourtant, il y a dix minutes de ça, tu jouais comme si tu donnais une représentation au Lincoln Center.

Le Lincoln Center ? Il connaissait cette salle de concerts new-yorkaise ? Un autre indice sur sa vie, si infime soit-il.

— Ta journée s'est bien passée ? lui demanda-t-elle.

— Tu n'as pas répondu à ma question.

Ivy pivota sur sa banquette.

— Rien ne m'oblige à y répondre, lui rétorqua-t-elle.

Il opina avec un sourire et changea de sujet :

— J'adore mon nouveau travail. C'est physique et je n'ai pas besoin de réfléchir. Le gars s'appelle Kip McFarland ; il a une vingtaine d'années, et il gère une petite affaire d'aménagement paysager. Il ne me paie pas grand-chose, mais c'est mieux que rien, d'autant qu'il y a un avantage en nature.

— Qui est ?

— J'ai le droit de dormir avec des tondeuses dans une vieille grange, qui a une fenêtre sans rideaux, des toilettes et une douche à l'extérieur. Pour l'instant, elle est remplie de tout un bric-à-brac que je vais devoir ranger. Tu veux venir voir ?

— Du bric-à-brac ? Comment pourrais-je résister ?

Quelques minutes plus tard, grâce aux indications de Guy, Ivy prenait une route perpendiculaire à la 6A dans la direction de Willow Pond, non loin de la côte donnant sur la baie de cap Cod. Ils suivirent à travers les arbres un chemin de gravier qui se terminait devant une vieille habitation, aux murs de bardeaux et au toit à pignons, ceinturée par une galerie couverte en bois. Avec beaucoup de travail, et un bon coup de peinture, l'ensemble, constitué par la maison, les peupliers et l'étang dans lequel ils se reflétaient, aurait pu ressembler à un modèle des puzzles de tante Cindy.

— Kip et sa femme ont acheté cette propriété à l'automne dernier et ils ont commencé à la restaurer, expliqua Guy à Ivy. Ils veulent en faire une chambre d'hôtes un jour, si ce n'est que, pour ça, ils ont besoin d'argent. Alors, lui travaille comme charpentier et paysagiste, et elle donne des cours. Elle l'aide l'été.

Ils contournèrent la maison jusqu'à la grange. Comme si elle recherchait l'ombre, la structure grise en bois penchait sensiblement vers les arbres qui la longeaient.

— Voici mon nouveau chez-moi ! annonça Guy. Si tu inclines la tête, tout se remet droit.

— L'intérieur doit être intéressant, sourit Ivy.

Le passage de l'étincelante lumière de juin à l'obscurité du bâtiment empêcha d'abord Ivy de voir, mais pas de sentir.

— Je sais, dit Guy en l'entendant renifler. On s'habitue.

— Du paillis… et de l'engrais, commenta Ivy. De l'engrais… très riche.

Ses yeux, qui s'étaient peu à peu accoutumés à la pénombre, découvrirent l'amas de vieilleries à trier, qui comportait pêle-mêle meubles, livres, lampes et casiers à homards, sans compter des équipements pour la pêche qui paraissaient assez anciens pour avoir été utilisés par les premiers colons.

— Est-ce qu'il y a de la lumière ?

— Derrière la tondeuse à gazon, lui indiqua-t-il en allant y attraper une vieille lanterne. C'est la femme de Kip qui me l'a prêtée.

Il alluma la mèche et le lourd globe en verre cerclé s'éclaira d'une lueur chaude.

— Oh, j'aime bien ! s'exclama Ivy.

— Je me doutais que ce serait le cas, répondit Guy. Regarde, de ce côté se trouve tout le matériel destiné à l'aménagement paysager. Ah ! Et voici mon nouveau colocataire. Ivy, je te présente Fleabag le sac à puces.

Un maigre chat noir et blanc, qui s'était faufilé par la porte ouverte, s'approcha d'eux d'un pas nonchalant.

— C'est une plaisanterie ?

— Quoi ? Les puces ou la colocation ?

— Les deux.

Guy posa la lanterne.

— Eh bien, j'ai passé vingt minutes ici avec Kip et, pendant qu'il me faisait faire le tour du propriétaire, monsieur s'est gratté la moitié du temps, avant de s'affaler sur mon sac à dos.

— J'irai lui chercher un produit.

— Tu obtiendras plus de résultats si tu en achètes un pour moi. D'après Kip, il lui a fallu une éternité pour l'attraper et l'emmener chez le vétérinaire. Il est trop sauvage pour être adopté. Il te rend visite uniquement quand ça lui chante. Tu auras compris pourquoi on est faits l'un pour l'autre.

— Oui, fit Ivy en étudiant le désordre autour d'elle. Dans quel coin veux-tu t'installer ? Tu pourrais essayer cette poutre si l'idée de dormir suspendu par les pieds ne te dérange pas.

— Non, mais, à mon avis, elle est déjà prise par les chauves-souris. Par contre, grâce à toi, j'ai un tapis de sol. Il me suffira de me libérer un petit espace.

— Et si je t'aidais ? offrit-elle.

— Maintenant ?

— À deux, ce sera plus facile. Je doute que ton colocataire soit prêt à lever une patte pour toi, fit-elle observer en se tournant vers le chat.

— À moins qu'on ne tombe sur un nid de souris.

— En attendant…

Ivy souleva une chaise à laquelle il manquait un pied et alla la déposer dans la benne qu'elle avait remarquée en arrivant entre la maison et la grange.

Guy la suivit, chargé d'un lampadaire tordu et d'un vieux poste de radio.

— Si on arrive à sortir ces deux canapés, lança-t-il, ça nous permettra de mieux travailler.

Ils ne rencontrèrent aucun problème avec le plus court, éventré et dont les ressorts étaient exposés. En revanche, ils eurent toutes les peines du monde à déplacer le second, un convertible deux fois plus lourd qui ne cessait de se déplier. Après l'avoir tiré, poussé, traîné, jusqu'à la porte seulement, Guy fit signe à Ivy de s'arrêter.

— Tu tiens le coup ? lui demanda-t-il.

Les gouttes de transpiration qui avaient perlé sur son front lui tombaient dans les yeux et roulaient le long de ses tempes.

— Ça peut aller, répondit-elle. Regarde, le sol est presque propre là où il se trouvait !

— Alors, c'est là que je mettrai mon tapis. Mais, pour l'instant, je suggère qu'on laisse ce canapé ici. Je demanderai à Kip si je peux lui emprunter sa remorque, parce que, si on traîne ce mastodonte dans l'herbe, on arrachera tout jusqu'aux racines.

— Entendu.

Après avoir déniché des balais parmi les outils que Kip gardait pour l'entretien du jardin, ils entreprirent de dépoussiérer la chape de béton, puis s'attaquèrent au reste des objets entassés. L'opération prit l'allure d'une véritable chasse au trésor et certaines perles – un pied de lampe en forme de cheval cabré, des magazines des années 1960, un tourne-disque – leur tirèrent des exclamations extasiées.

— Chad et Jeremy... lut Ivy sur le vinyle rayé resté sur le tourne-disque.

Ce groupe britannique de folk-rock lui étant inconnu, elle emporta le tout à la benne.

Ils s'installèrent ainsi dans un rythme de travail agréable et bien réglé ; ils prenaient le temps d'examiner, de partager leurs impressions, puis d'aller jeter les objets indésirables à l'extérieur. À un moment donné, Ivy se rendit compte que Guy revenait avec une brassée de *National Geographic*.

— Excuse-moi, dit-elle, je ne pensais pas que tu voulais les garder.

— Je sais, mais, à la réflexion, je me suis dit qu'il y aurait peut-être des articles intéressants.

Il alla les poser près de son tapis, où se trouvaient déjà les magazines des années 1960. Il ressortit avec une petite tondeuse rouillée, et réapparut chargé de vieux ouvrages de science. Ivy ne fit pas de commentaires. Après tout, ce n'était pas elle qui vivrait là.

Alors qu'ils venaient de jeter un lavabo, qu'ils avaient été obligés de porter à deux, Guy s'exclama :

— Hum... en fait, ceux-là, je vais les garder !

Il récupéra dans la benne plusieurs livres sur le sport, dont les gros caractères et le grand nombre de photos avaient fait dire à Ivy qu'ils s'adressaient à des enfants. Guy repartit avec eux dans la grange.

Au bout de deux heures de ce ballet incessant, Guy ajouta à sa bibliothèque des livres de cuisine, dont Ivy avait pensé, là encore, qu'il pourrait s'en passer.

— Est-ce que tu as remarqué que tu n'avais pas de cuisine ? lui fit-elle observer.

— J'en aurai peut-être une un jour.

Elle ne put s'empêcher de rire.

— Bon, c'est l'heure de la pause. Je te propose de passer au salon, suggéra-t-il en lui indiquant le tapis de sol du doigt. Quelque chose à boire ?

Il ouvrit son sac à dos, dont il tira deux bouteilles d'eau.

Ivy but longuement, avant de s'éponger le visage avec sa manche.

— Cette tache te va très bien au teint, plaisanta-t-il.

Elle se frotta la joue.

— De l'autre côté, lui dit-il en tendant la main pour lui nettoyer l'autre délicatement.

Le souffle coupé, Ivy se figea. Elle était comme envoûtée, sous le charme de son toucher. Une masse noir et blanc se faufila alors entre eux – Fleabag. Ivy en profita pour détourner la tête.

— Tu n'aurais pas pu choisir un autre moment, grommela Guy à l'adresse du chat.

Il prit appui contre son sac à dos.

— Ça prend forme, et ça me plaît, décréta-t-il. C'est douillet.

« Douillet », se répéta Ivy intérieurement. Elle avait employé ce mot pour décrire le domicile des parents de Tristan. Le souvenir de sa première visite chez eux lui revint alors. Elle y amenait sa petite chatte, Ella, que Tristan avait accepté d'adopter. Leur maison croulait sous les livres et les magazines.

— Tu souris.

La remarque de Guy la fit revenir à la réalité.

— C'est confortable, concéda-t-elle, mais pas ma maison rêvée.

— Et à quoi ressemblerait la maison de tes rêves ?

— Elle serait petite, au bord de l'eau. Elle aurait un salon, une cuisine, une chambre, une véranda orientée vers l'est, une autre vers l'ouest, et deux cheminées. Et toi ?

— Loin de l'eau, dans les arbres. Mais la cabane aurait du style.

Ivy rit de bon cœur.

— Elle comporterait plusieurs niveaux et serait construite entre deux arbres, poursuivit Guy.

— Je connais un endroit semblable.

— Il y aurait une échelle de corde, bien entendu. Et une balançoire.

Ivy adorait celle qui était suspendue à l'un des deux arbres qui soutenaient la cabane de Philip sur la propriété familiale. Depuis cet endroit perché au sommet de la falaise qui surplombait la rivière et la voie ferrée, la vue était spectaculaire.

— Ah ! oui, elle serait aussi au bord d'une haute falaise, pour que je puisse admirer le paysage.

Ivy regarda Guy avec surprise.

— Qu'est-ce qu'il y a ? lui demanda-t-il.

— Ta cabane de rêve est exactement comme celle qui a été construite pour mon frère.

Elle se remémora le jour où Philip était presque tombé de la passerelle qui en reliait les deux parties. Gregory n'avait jamais voulu avouer qu'il avait lui-même arraché les clous de fixation des planches, et Ivy, qui ne croyait plus aux anges à cette époque-là, n'avait pas vu le halo doré dont Philip affirmait qu'il l'avait protégé de la chute. Par la suite, les événements l'avaient convaincue que Philip n'avait pas menti et que Tristan l'avait bel et bien sauvé.

« Je serai toujours là pour toi. » Ivy entendit ces mots aussi clairement que la nuit de l'accident, après que Tristan l'eut embrassée.

Les yeux sont les fenêtres de l'âme, dit le proverbe. Parfois, quand elle regardait dans ceux de Guy, c'était comme si Tristan…

Non, elle se faisait des idées.

— Ivy, tu trembles.

Guy posa doucement la main sur les siennes. Ivy s'efforça de les immobiliser.

— Raconte-moi.

Elle s'excusa d'un signe de tête. Guy était déjà bien assez confus quant à sa propre identité, sans qu'elle lui confesse à quel point, avec lui, elle avait l'impression d'être en présence de Tristan.

— Tu as vraiment l'air triste parfois, constata Guy. Je ne sais pas comment t'aider.

Ivy lui effleura la joue avec tendresse.

— Je sais ce que tu ressens. Tu as l'air si perdu parfois.

Chapitre 16

« Tout cela n'est qu'une série de coïncidences », se dit Ivy en prenant la rue Cockle Shell. Elle avait laissé Guy dans son endroit « douillet » avec une belle glacière ainsi que ce qui restait des plats à emporter qu'ils avaient achetés en ville. Il l'avait invitée à lui tenir compagnie plus longtemps, mais elle avait besoin de réfléchir. Elle ne pouvait empêcher son esprit de rejouer ces étranges événements qui la reliaient à Tristan. Elle aurait bien aimé faire part de ses soupçons à Will et à Beth. Cependant, elle était presque certaine de leur réponse. Ils lui rétorqueraient qu'elle s'imaginait des choses, et que c'était à cause de la date anniversaire.

L'anniversaire ! Oh, non, elle avait complètement oublié son rendez-vous avec Will ! Quand Guy et elle étaient partis chercher à manger, elle ne s'était pas donné la peine de consulter son téléphone portable. Le dîner à Provincetown lui était sorti de la tête.

La voiture de Will n'était pas sur le parking de l'auberge, mais alors qu'elle s'approchait lentement du *cottage* en se demandant comment elle lui expliquerait son absence, elle entendit sa Toyota arriver. Elle se figea, et attendit, fébrile. Will sortit de voiture, passa près d'elle d'un pas vif, la tête baissée.

— Will, murmura-t-elle.

Il leva les yeux vivement et Ivy put lire toutes ses émotions sur son visage : le soulagement, l'incrédulité et la colère.

— Will, je suis désolée !

Elle avança le bras, pour le laisser retomber ; quelque chose – quoi, elle ne le savait pas – l'avait arrêtée dans son mouvement.

— Je suis vraiment désolée.

Un long silence s'ensuivit.

— C'est tout ? lâcha-t-il.

— Je t'ai fait faux bond.

Il jura dans sa barbe.

— Je te prie de m'excuser, Will. J'ai... oublié.

— Tu souffres d'amnésie, toi aussi ? lui rétorqua-t-il d'un ton sarcastique. C'est contagieux ?

Il plongea un regard suspicieux dans le sien.

— Tu étais avec lui, c'est ça ? lui demanda-t-il. Avec ce Guy !

— Oui.

— Je n'arrive pas à y croire ! Mais pourquoi est-ce que vous faites toutes pareil ? Plus les gars sont bizarres, excentriques, et moins ils vous donnent, plus vous leur courez après.

— Je ne cours pas...

— Je t'aime, Ivy, l'interrompit-il. Mais ce qui se passe est en train de me détruire.

Ivy sentit sa gorge se serrer.

— Pourquoi est-ce que tu me fais ça ? s'écria-t-il soudain.

— Je n'en sais rien ! cria-t-elle à son tour.

Elle vit qu'il essayait de se contrôler ; d'une certaine façon, elle aurait préféré qu'il continue de hurler.

— Tu réagis comme après la mort de Tristan, quand Gregory t'a séduite…

— Quoi ?!

— Tu passais ton temps à le défendre, poursuivit Will, et à lui faire confiance, alors qu'un million de signaux auraient dû t'alerter.

— Et toi, alors ? Tu ne faisais pas partie de ses amis, peut-être ? le défia Ivy.

— J'avais compris quel genre de personne il était, et j'ai alimenté notre amitié pour pouvoir vous aider, toi et Tristan…

Il s'arrêta brusquement, le souffle coupé.

— Tristan, reprit-il. On en revient toujours à Tristan, pas vrai ? Quel idiot je fais !

Ivy baissa la tête.

— La nuit de l'accident, quand je suis arrivé à l'hôpital, l'urgentiste m'a demandé si je m'appelais Tristan.

Ivy tressaillit.

— Tu avais répété son prénom plusieurs fois pendant le trajet en ambulance.

Elle se détourna.

— Ensuite, le médecin est venu me voir. Il n'en revenait pas de la façon dont tu récupérais et il m'a dit, tout heureux : « Tristan, j'ai d'excellentes nouvelles pour vous. »

Ivy ferma les yeux. Il avait tout gardé pour lui, malgré la profonde douleur qu'il avait dû ressentir.

— Je vais te dire ce que je pense, continua-t-il d'une voix tremblante. Je ne crois pas que tu sois tombée amoureuse de ce Guy. À mon avis, tu as de la peine pour lui, et ça te distrait de t'occuper de son cas.

Surprise, Ivy le regarda de nouveau.

— Il te permet de continuer à faire vivre cet amour que tu as pour Tristan. Tu reportes tes sentiments sur lui.

— Will, pardonne-moi, je t'en prie…

— Sans compter que ton aventure avec lui t'aide à te séparer de moi. Eh bien, puisque tu en as si clairement envie, c'est moi qui vais mettre fin à notre histoire.

Sa voix prit alors un ton courroucé :

— Mais tout aurait été beaucoup plus simple, Ivy, si tu avais eu le courage de me dire que c'était fini !

— Je ne le savais pas…

— Oh, je t'en prie ! s'exclama-t-il en se frappant la paume du poing.

— J'ai senti que je changeais, tenta d'expliquer Ivy. Et j'ai essayé de comprendre.

— Mais comme tu aurais pu avoir besoin de moi, tu as préféré attendre pour me prévenir, c'est ça ?

— Non ! Tu es injuste ! Je ne t'aurais jamais utilisé de cette façon.

— La prochaine fois que tu chercheras à comprendre quelque chose, tâche de penser à l'autre, et pas seulement à toi.

Là-dessus, il tourna les talons et repartit vers le parking.

— Will, où vas-tu ?

— Je n'en sais rien. Et je m'en moque, du moment que c'est loin de toi.

Les larmes qui avaient empli les yeux d'Ivy durant sa dispute avec Will ne roulèrent sur ses joues qu'après son départ. Debout à côté de sa voiture, immobile, elle regarda la route dans l'espoir qu'il réapparaîtrait. « C'est fini. Fini », se répéta-t-elle, incrédule. C'est alors qu'elle remarqua une enveloppe sur le siège avant de sa Coccinelle. Elle l'ouvrit. À l'intérieur se trouvait le permis pour le feu de camp. Elle s'installa à son volant, ferma la portière, et éclata en sanglots.

Elle conduisit pendant une heure et demie, d'abord sur la route 6, pour pouvoir aller vite, puis, quand elle eut cessé de pleurer, sur la 6A, sinueuse et à deux voies seulement. Elle hésita à appeler sa mère ; celle-ci adorait Will. Philip adorait Will. Beth adorait Will. Elle aussi, quoique sans doute pas assez.

Lorsqu'elle revint à l'auberge, il faisait presque nuit. La voiture de Will était là, mais pas celles de Kelsey et de Dhanya, et il n'y avait personne dans le *cottage*. Ivy s'assit sur le canapé et tenta de s'absorber dans le puzzle. Après plusieurs minutes passées à trier les pièces sans grand intérêt, à en prendre une, puis à la reposer, elle se releva et sortit. Une fois dehors, elle envisagea un instant de s'asseoir sur la balancelle, mais décida finalement d'aller s'installer sur les marches à l'arrière de l'auberge, pour ne pas avoir à affronter ses amies lorsqu'elles rentreraient. Si Will ne leur avait pas encore annoncé leur rupture, elle serait obligée de le faire elle-même avant qu'ils se rendent tous au travail le lendemain matin.

Derrière elle, la porte de la cuisine s'ouvrit soudain et le faisceau de lumière jaune du plafonnier éclaira un pan d'herbe.

— Ne te lève pas, déclara tante Cindy en s'asseyant à côté d'Ivy. Comment vas-tu ?

— Bien.

— C'est dur ?

— Oui. Qui vous a prévenue ?

— Beth. Écoute, Ivy, je peux faire en sorte que Will et toi ne travailliez pas en équipe pendant une semaine ou deux, mais ça ne vous empêchera pas de vous voir. Je ne peux pas me permettre de prendre le risque que vous vous disputiez devant des clients, ni que votre groupe soit divisé selon le camp que chacun choisira.

Ivy acquiesça d'un signe de tête.

— Si tu as le sentiment que tu n'arriveras pas à te maîtriser, tu dois me le faire savoir.

— D'accord.

— J'ai connu ça, reprit tante Cindy en posant une main amicale sur le dos d'Ivy. On souffre tellement au départ qu'on pense que la douleur ne disparaîtra jamais. Mais tu oublieras, Ivy. Tu verras.

Une fois tante Cindy repartie dans la cuisine, Ivy traversa lentement le jardin. Elle avait décidé d'aller se doucher pour se nettoyer de la saleté accumulée pendant sa journée de travail avec Guy, ainsi que pour avoir l'esprit plus clair lorsqu'elle parlerait à ses amies. Beth apparut alors au coin de la grange rénovée. Ivy supposa qu'elle avait rendu visite à Will.

— Comment va-t-il ? lui demanda-t-elle après avoir pris une profonde inspiration.

— Et toi ? lui répondit Beth en s'approchant.

Sa sollicitude inattendue déclencha chez Ivy un torrent de larmes.

— Viens, murmura Beth.

Elle la tira doucement vers la balancelle et attendit patiemment qu'elle cesse de sangloter.

— Je m'en veux tellement de lui faire du mal, finit par dire Ivy en séchant ses larmes.

— Et moi, j'ai mal pour vous deux, répondit Beth avant d'ajouter le plus délicatement possible : Par contre, on ne comprend pas bien ce qui t'arrive, Will et moi. C'est vrai, avec tout ce que vous avez traversé tous les deux, comment peux-tu ne plus l'aimer ?

— Mais je l'aime ! s'exclama Ivy. Seulement… peut-être pas comme il le souhaite.

— Ou comme n'importe qui le souhaiterait, rectifia Beth en se penchant vers elle pour attirer son regard.

— Sans doute… admit Ivy. Mais on ne choisit pas toujours le type d'amour qu'on ressent. Ce n'est pas une question de logique ou de justice. Le sentiment existe, ou n'existe pas, c'est tout.

Une larme roula sur la joue de Beth, irisée par la pâle lueur des étoiles.

— Est-ce que tu lui as dit que j'avais vu Tristan la nuit de l'accident ? s'enquit Ivy.

— Que tu avais *pensé* voir Tristan ? Non. Non, il est déjà convaincu qu'il rivalise avec un mort. Ce n'est pas la peine d'en rajouter. Ivy, est-ce que tu as vraiment oublié votre rendez-vous ce soir ?

— Oui… J'étais avec Guy.

— Guy !

— Oui, je l'ai aidé à vider une grange que quelqu'un lui prête pour qu'il ait un endroit où dormir.

— Ivy, tu dois faire attention. Tu ne sais rien de lui.

— Peut-être, mais le peu que je sais est plus important que le nom qu'il a oublié. Quelque chose nous relie, Beth, un lien spécial, que je n'ai ressenti qu'une fois jusqu'ici… avec Tristan.

Ivy décida d'ignorer l'air effaré de son amie.

— Aujourd'hui, poursuivit-elle, on s'est demandé dans quel type de maison on rêverait d'habiter. Guy m'a décrit au détail près la cabane de Philip. Il ne se souvient pas du style de musique qu'il aimait, mais, l'autre jour, il m'a écoutée jouer du piano et il a reconnu la *Sonate au clair de lune*, le morceau préféré de Tristan. Sans compter qu'à un autre moment, sans le savoir, il s'est mis à fredonner une chanson tirée de *Carrousel*. Souviens-toi, c'est en jouant quelques notes de *Carrousel* que Tristan a essayé d'entrer en contact avec moi pour la première fois. Je crois que Tristan est revenu.

— Oh, Ivy, non ! C'est impossible, s'exclama Beth en secouant la tête de consternation.

— Pourquoi ? s'écria-t-elle. Il s'est exprimé à travers Will et toi l'an dernier. Pourquoi ne pourrait-il pas avoir choisi Guy maintenant ? Ce qui expliquerait toutes ces coïncidences. Il essaie de me dire qu'il est encore là pour moi. La nuit de l'accident, il m'a promis...

— Est-ce que Guy prétend entendre une autre voix ? l'interrompit Beth.

— Non, mais...

Beth se pencha de nouveau pour placer une main sur le poignet d'Ivy.

— Quand Tristan est revenu l'an dernier, on l'a entendu. Quand il se glissait dans nos esprits, on savait qui c'était. On n'a jamais oublié notre identité.

Ivy se dégagea de la main de son amie et toutes deux gardèrent le silence un long moment. Puis Ivy remarqua que Beth avait saisi sa chaîne et y faisait glisser son améthyste d'un geste nerveux. Ses lèvres remuaient et, soudain, elle lança :

— Le mal rôde parmi nous.

— Quoi ?

— Je sens sa présence depuis la séance, avoua Beth d'une voix tremblante. C'est lui. C'est Gregory. Je n'avais pas ressenti ces ondes depuis sa mort.

Les yeux écarquillés, décontenancée à son tour, Ivy étudia son amie sans comprendre.

— Beth, je sais que cette séance t'a fait peur. On a toutes eu peur. Mais pourquoi en déduire que Gregory hanterait cet endroit ? Est-ce que tu as eu une vision ? Quelque chose d'autre t'a inquiétée ?

Beth resta muette.

— Dis-moi, l'implora Ivy.

— Un rêve, chuchota Beth en pressant un poing dans la paume de sa main. Je l'ai déjà fait deux fois.

— Raconte.

— On est dans le *cottage*, toi, moi, Dhanya et Kelsey. C'est le *cottage* de tante Cindy, mais il a beaucoup de fenêtres, des fenêtres partout. Quelqu'un en fait le tour, et tire avec un fusil sur les vitres. Les balles pénètrent dans le verre, sans réussir à le transpercer. On court de pièce en pièce, mais notre agresseur nous poursuit. Il continue de tirer dès qu'il nous voit. Toi, tu nous dis que tout va bien. Qu'on est en sécurité, que cet inconnu ne pourra pas briser les vitres. Au moment où tu finis ta phrase, il ouvre la porte et il entre.

La peau glacée, Ivy se tassa sur la balancelle en se frottant les bras.

— Tu ne comprends donc pas ? gronda Beth, soudain en colère. Dans ce rêve, c'est ton insouciance qui laisse entrer le tireur, comme tu laisses Guy le faire !

— Beth, tu n'as pas que des rêves prémonitoires. Il t'arrive de voir des choses dont des personnes t'ont parlé. Étant donné que Will n'aime pas Guy, ses sentiments rejaillissent chez toi.

Les yeux de Beth s'enflammèrent.

— Peu importe ce que dit Will ! s'écria-t-elle. Je sais ce que je vois !

— Moi aussi, lui rétorqua Ivy en se levant de la balancelle.

— Ivy ! hurla Beth, la main serrée sur l'améthyste. Si Gregory est revenu, tu auras besoin de toute la puissance des cieux pour te protéger.

Chapitre 17

— Quand j'y pense, tout de même ! s'exclama Kelsey le lendemain soir tout en faisant rebondir un volant sur sa raquette de badminton devant le *cottage*. Et moi qui te prenais pour une Mme Parfaite, avec son M. Parfait, le couple de l'année, quoi !

— Désolée de te décevoir.

— Qu'est-ce qu'il t'a dit exactement ? s'enquit-elle.

— Le genre de choses qu'on se dit quand on se sépare, répondit Ivy.

— Oui, des méchancetés, des accusations exagérées... Je connais.

— Donc, je n'ai pas besoin de te donner de détails.

— Il s'en remettra, poursuivit Kelsey en faisant un petit signe de tête en direction de la grange. Il reçoit tout le réconfort dont il a besoin.

Beth avait annulé son rendez-vous avec Chase, et Dhanya avait soudain eu envie de regarder une émission sur une chaîne câblée. Ivy s'imagina Will, allongé sur sa banquette-lit, soutenu par deux anges empressés.

— Tu veux jouer ? lui demanda Kelsey en lui tendant une raquette.

— Pourquoi pas.

Elles effectuèrent une série de balancements en guise d'échauffement.

— Au fait, reprit soudain Kelsey, tu sors avec le beau ténébreux ?

— Non.

— Beth nous a dit que tu avais oublié ton rendez-vous avec Will parce que tu étais avec lui.

Ivy s'élança vers le filet, où elle rattrapa le volant avec la tranche de sa raquette juste avant qu'il tombe par terre.

— J'aidais Guy à débarrasser une grange pour qu'il puisse y dormir, répondit-elle en reculant vers le fond du terrain.

— Beth ne lui fait pas confiance.

Ivy décida d'ignorer la remarque.

— Pourquoi ? insista Kelsey.

— Je ne sais pas, lança Ivy en renvoyant le volant que Kelsey semblait faire exprès désormais de placer juste à sa portée. Peut-être espérait-elle que ça l'inciterait à parler davantage.

— Qu'est-ce que tu penses de Chase ?

— Je ne le connais pas vraiment, déclara Ivy, peu encline à partager son opinion avec une personne susceptible de la répéter.

Kelsey roula les yeux.

— En ce qui me concerne, cinq minutes ont suffi : il n'est pas net.

— Pas net ? répéta Ivy en lui retournant le volant avec aisance.

— Il veut tout contrôler. Je déteste les gars qui donnent des ordres aux filles.

Ivy doutait que Kelsey soit jamais tombée sur un tel partenaire.

— Au fait, Beth nous a raconté pour Tristan.

Ivy renvoya le volant sans faire de commentaire.

— Je n'étais pas au courant, continua Kelsey. C'est incroyable ! Je n'avais encore jamais rencontré quelqu'un dont le copain a été assassiné !

Ivy frappa le volant.

— J'aurais bien aimé faire leur connaissance, à lui, et à Gregory. Vous avez dû passer un super été !

Ivy en resta les pieds rivés au sol, les bras ballants. Que s'imaginait Kelsey ? Que Beth, Will et elle avaient participé à une émission de télé-réalité ?

— Mais qu'est-ce que tu fabriques, Ivy ? Rattrape ce volant ! lui lança Kelsey. Beth nous a dit aussi que Will avait été très présent pour toi après la mort de Tristan, ajouta-t-elle.

— C'est vrai. Personne n'aurait pu être plus gentil.

— Hum. Gentillesse ne signifie pas passion, nota Kelsey. Pourtant, ce n'est pas ça qui te manque.

— Ne fais pas de suppositions sur ma relation avec Will, déclara Ivy en retournant le volant avec force.

— Je n'aurais pas besoin de le faire si tu me fournissais des informations.

Ivy éclata de rire malgré elle.

— Beth dit que vous allez organiser un feu de camp en souvenir de Tristan sur la plage de Race Point. Est-ce qu'on pourrait venir, Dhanya et moi ?

— Je ne suis pas sûre que ce soit maintenu.

— Si, si, lui apprit Kelsey. Will a confirmé. Voilà autre chose que je n'aime pas, tiens : les gars qui restent fidèles et attentionnés quoi qu'on leur fasse. C'est vrai, qu'est-ce qu'ils essaient de prouver ?

C'en était trop. Ivy abaissa sa raquette.

— Je crois que j'ai assez joué ! lança-t-elle.

— On n'a même pas commencé à compter, protesta Kelsey.

— C'est bien pour ça que j'arrête, conclut Ivy. Mieux vaut maintenant qu'au beau milieu d'un match.

Quinze minutes plus tard, elle sortait discrètement du *cottage* par la porte de derrière. Elle avait décidé de se rendre à Pleasant Bay, où Will, Philip et elle avaient passé l'après-midi une semaine plus tôt. Sous les derniers rayons du crépuscule, assise sur la plage non loin du groupe d'arbres que Will avait dessiné, elle passa ses souvenirs en revue. Elle voulait comprendre pourquoi il lui avait fallu tant de temps avant de se rendre compte qu'elle ne pourrait pas donner son cœur à Will.

Elle se leva et emprunta le chemin que Philip et elle avaient suivi jusqu'à l'anse au bout de la langue de sable. En l'absence de lune, l'eau calme luisait doucement à la lueur des étoiles. Ce spectacle rappela à Ivy la cathédrale de lumière au centre de laquelle Tristan l'avait embrassée. Elle chuchota son nom et l'entendit presque répondre : « Mon amour. » Presque. Cette voix n'était qu'un souvenir, elle le savait. En revanche, celle qu'elle avait entendue la nuit de l'accident avait été réelle. La différence entre ces deux moments ne fit que renforcer Ivy dans sa conviction : Tristan l'avait prise dans ses bras, et son étreinte lui restait plus tangible que n'importe quel événement de son quotidien.

Mais s'il était effectivement revenu et que Lacey ait raison sur les conséquences qu'entraînerait son acte ? « Il va y avoir de sacrées retombées », avait-elle affirmé. Que voulait-elle dire exactement ? Et puis, quelle était cette présence maléfique que Beth ressentait ? Gregory pouvait-il vraiment revenir aussi ?

— Lacey ? Lacey Lovett, je dois te parler ! appela Ivy.

Elle s'assit au bord de l'eau et attendit, aux aguets. Les minutes passèrent. De l'autre côté de la baie, un bout de lune jaune pointa au-dessus d'un banc de sable.

— Tu choisis toujours le pire des moments !

Ivy se leva. Devant elle venait d'apparaître un halo dont le mauve se détachait sur l'horizon doré.

— Bonjour, Lacey.

— Alors, qu'est-ce qu'il t'arrive ? Une autre vision béate ? Tu as dansé avec les étoiles cette fois ?

Ivy attendit que le halo ait fini sa série de pirouettes.

— Beth a fait des rêves, déclara-t-elle enfin.

— Beth, la radio ?

— Oui.

« Radio » était le terme que Lacey employait pour une personne capable de communiquer avec l'autre monde, autrement dit née avec un talent naturel de médium.

— Elle se souvient de la première fois où ça lui est arrivé ? s'enquit Lacey après qu'Ivy lui eut rapporté les propos de Beth.

— Je n'en suis pas sûre. Il y a deux dimanches de ça, je crois, après une séance…

— Une séance ! s'exclama Lacey. Mais elle est malade, ta radio !

Ivy lui raconta comment l'oracle s'était mis à tourner dans le sens inverse des aiguilles d'une montre sur la planche Ouija, sans qu'elles puissent l'arrêter.

— C'était avant ton accident ?

Ivy réfléchit un instant.

— Oui, quelques jours plus tôt.

— Incroyable. C'est incroyable ! Ta radio est assez bête pour ouvrir un portail sur l'autre monde ? Vous avez un cerveau, toutes les deux, ou pas ? Et toi, est-ce que tu es narcissique au point de penser qu'il n'existe que des bons anges ?

— Je… non… je n'ai jamais pensé… qu'on pouvait laisser entrer…

— Inviter, la corrigea Lacey. Vous avez fait un grand signe, avec un grand drapeau. Vous avez fourni un carrosse à…

— … une force maléfique.

— À une force maléfique, confirma Lacey.

Ivy s'accroupit et se mit à dessiner dans le sable une série de cercles à l'envers.

— Arrête ça tout de suite ! fulmina Lacey dont les doigts aux ongles mauves s'étaient refermés sur le poignet d'Ivy.

— Est-ce qu'il serait possible que Gregory réapparaisse sous forme de démon ?

— Je vois que tu as vraiment manqué pas mal de cours de catéchisme. Tout est possible avec le grand chef.

— Mais pourquoi Gregory voudrait-il revenir ? demanda Ivy, qui s'était levée pour aller marcher au bord de l'eau.

— Pour se venger, pour tuer, pour semer la zizanie… suggéra Lacey.

Beth avait dit : « Si Gregory est revenu, tu auras besoin de toute la puissance des cieux pour te protéger. »

— Pour se venger de moi, en déduisit-elle alors. Mais comment pourrait-il s'y prendre ?

Lacey poussa un soupir théâtral.

— Réfléchis, poulette. Je suis sûre que tu n'es pas aussi niaise que tu veux bien le laisser paraître. Comment s'est manifesté Tristan ?

— Il se glissait dans l'esprit des gens. Il trouvait le moyen d'accorder ses pensées aux leurs afin de pénétrer dans leur cerveau. C'est comme ça que Beth, Will, Philip et, sur la fin, moi avons entendu sa voix dans notre tête.

— Si ce n'est qu'il est allé aussi se balader dans celle d'Eric et de Gregory. Pourtant, je lui avais recommandé de ne pas le faire avec des tordus pareils.

Ivy eut l'impression qu'une main glaciale avait touché la sienne.

— Gregory sait pénétrer dans l'esprit des gens ?

— Mesdames et messieurs, lança Lacey à un auditoire imaginaire, la poupée commence à comprendre !

— Il peut parler à leur place ?

— Persuader, tenter… rectifia Lacey d'une voix posée.

Ivy frissonna.

— Tu n'auras sans doute pas oublié qu'il savait aussi bien torturer que séduire quand il était en vie.

— Est-ce qu'il aurait assez de force pour pousser quelqu'un à agir à sa place ?

— Qui a besoin de force quand les gens sont si naïfs, si faciles à berner et à convaincre ? Je ne pense à personne de précis, bien évidemment.

— Comment pourra-t-on le combattre ?

— On ? répéta Lacey, dont le halo mauve avait commencé à s'éloigner d'Ivy. À l'époque où je faisais du cinéma, j'ai joué dans des films d'horreur, mais il est hors de question que je prenne un rôle dans celui que tu me proposes. Tu vas devoir te débrouiller toute seule, ma belle.

— D'accord. Comment mes amis et moi allons-nous pouvoir le combattre ? reprit Ivy.

— Oh ! vous trouverez bien quelque chose. La radio aura certainement une idée. Par contre, j'ai un conseil à te donner : choisis bien les personnes à qui tu accordes ta confiance.

Lacey s'interrompit. Elle avait remarqué l'expression alarmée d'Ivy.

— Écoute, poupée, je suis désolée que tu te trouves dans une telle panade, mais j'ai les mains pleines pour l'instant. Je crois que j'ai enfin trouvé le boulot qui me convient et je suis très occupée. Je vais devoir mettre fin à mes petites apparitions. Transmets le bonjour à Philip de ma part, d'accord ?

Le halo s'était presque estompé lorsque Ivy lança :

— Et si Tristan était redescendu pour me protéger de Gregory ?

Sa question obtint l'effet désiré.

— Quoi ?! s'écria Lacey, dont le halo pivota et revint vers elle comme une flèche.

— Les signes ne trompent pas. Il est avec moi, comme il me l'avait promis.

Ivy sentit une main se plaquer sur elle.

— C'est une idée ridicule ! Si Tristan était là, je le verrais.

Lacey avait raison. Comment se faisait-il qu'elle ne sente pas sa présence ? Tristan se cachait-il dans l'esprit de Guy ? Et si oui, de qui se cachait-il ?

— Ivy, reprit Lacey, si Tristan t'a donné le baiser de la vie, il est en danger. N'essaie pas d'entrer en contact avec lui. Ne le tente pas davantage. Il est déjà mort à cause de toi. Ne le condamne pas à jamais.

Chapitre 18

« Lacey exagère toujours », tâcha de se rassurer Ivy.

C'était le jeudi soir, et elle était seule au *cottage*.

Beth, Dhanya et Will venaient de partir voir un film à la séance de dix-neuf heures trente. Quant à Max, dont Dhanya avait refusé la compagnie, il s'était empressé de rejoindre Kelsey et Bryan pour une soirée à Harwich.

Ivy s'empara de son téléphone pour écouter un message reçu une heure plus tôt. Elle brûlait d'envie d'entendre la voix de Guy : « C'est moi. Kip m'a donné un portable. Tu veux venir ? »

Malgré les mises en garde de Lacey et de Beth, elle se rendit à Willow Pond. Alors qu'elle se garait, elle remarqua un pick-up devant la maison. Une femme aux cheveux noirs, entre vingt-cinq et trente ans, tenait la portière ouverte côté passager à un labrador jaune, qui sauta lourdement sur le siège. Elle salua Ivy, à qui elle se présenta comme Julie, l'épouse de Kip.

— J'espère que vous n'aviez rien prévu de spécial ce soir, lui dit-elle. Guy dort comme une souche sur la véranda face à l'étang. Kip et lui ont commencé à débiter les arbres à six heures ce matin.

— Je viens juste lui rendre visite, répondit Ivy avec un sourire.

Elle contourna la maison et trouva Guy endormi sur une bâche, torse nu, la tête posée sur un bras. Dans le crépuscule, sa peau bronzée et ses cheveux clairs avaient une teinte dorée. La scène lui rappela le tableau d'un ange assoupi qu'elle avait vu un jour. Il lui revint alors que, d'après la légende qui l'accompagnait, le peintre y décrivait un ange déchu après sa bataille contre les cieux. Elle se dirigea vers l'étang.

Fleabag se reposait dans les hautes herbes. Ivy s'assit sur un banc qui se trouvait non loin de lui, d'où elle contempla l'eau qui reflétait magnifiquement le ciel embrasé et les arbres vert foncé. Pour la première fois depuis leur arrivée à cap Cod, il faisait encore chaud. L'air était doux et parfumé, comme c'est le cas durant les nuits d'été dans l'intérieur des terres. Ivy s'avança sur la berge. Après le sel de l'océan, l'eau douce eut l'effet d'un baume sur sa peau. Vêtue d'un short et d'un haut aussi légers qu'un maillot de bain, elle s'élança. Elle nagea longtemps, apaisée par la quiétude de cet endroit isolé. Au bout d'un moment, fatiguée, elle se mit sur le dos.

C'est formidable, Ivy. Est-ce que tu connais la sensation de flotter sur un lac, entourée d'arbres, un grand bol de ciel bleu au-dessus de toi ?

« Tristan, appela-t-elle intérieurement. Je sais ce que tu voulais dire, maintenant. »

— Hé, tu dors ? lui cria Guy.

Ivy releva la tête avant de rabattre ses jambes sous elle pour se redresser.

— Pas du tout, lui répondit-elle. C'est toi qui ronflais.

— Moi, ronfler ?

Il regarda autour de lui, puis ajouta en pointant un doigt accusateur vers Fleabag :

— C'est lui le coupable.

— Les chats ne ronronnent pas aussi fort, plaisanta-t-elle en revenant vers lui.

— Tu avais l'air heureuse, observa Guy.

— Je l'étais. C'est formidable de flotter, entourée d'arbres, un grand bol de ciel bleu au-dessus de toi, alors que le soleil étincelle au bout de tes doigts et de tes orteils.

Sans doute était-ce le reflet de l'onde. L'espace d'un instant, les yeux de Guy semblèrent briller de la couleur du grand bol de ciel bleu dont Tristan avait si souvent parlé.

— Viens, l'invita-t-elle d'un ton enjôleur.

Guy baissa les yeux vers les vaguelettes qui clapotaient contre ses chevilles.

— Je crois que je ne sais pas nager, avoua-t-il, la gorge serrée.

Ivy tenta de dissimuler sa déception. Si Tristan avait occupé son esprit, Guy n'aurait pas craint une eau aussi paisible.

« Vis dans le présent ! s'exhorta Ivy intérieurement. Aide-le, comme Tristan t'a aidée. »

Celui-ci lui avait permis de dépasser ses peurs en la faisant marcher dans la piscine de leur lycée.

— Je t'accompagne, déclara-t-elle. On va se promener tous les deux.

Après un moment d'hésitation, Guy se laissa persuader. Main dans la main, ils s'avancèrent lentement dans l'or liquide et scintillant. Quand Guy eut de l'eau jusqu'à la taille, Ivy s'arrêta et agita du bout des doigts la surface immobile qui se rida d'ondulations sombres.

Elle se tourna vers lui et, les mains en coupe, entreprit de lui mouiller délicatement les épaules, le torse, puis le front et les joues, comme Tristan l'avait fait pour elle.

— Ça va ? s'enquit-elle.

Il opina avec un sourire penaud.

— On va rester là. Est-ce que tu peux t'accroupir ? Regarde.

Les jambes pliées, elle s'immergea jusqu'au menton. Guy l'imita lentement. Toutefois, lorsque l'eau lui effleura le cou, il se remit debout d'un bond.

— N'aie pas peur.

Ivy le prit par les mains, et il renouvela l'expérience avec succès.

— La prochaine fois, j'apporterai une bouée pour te donner un vrai cours. Aujourd'hui, on va se contenter de s'amuser pour que tu t'habitues. Est-ce que tu veux essayer de mettre la tête sous l'eau ?

Il s'exécuta, mais resurgit presque instantanément.

— C'est humiliant, souffla-t-il en se mettant debout. J'ai… j'ai bloqué ma respiration, ma gorge s'est fermée et…

— Tu as été pris de panique, lui dit Ivy d'une voix calme. C'est normal après ce qu'il t'est arrivé. Retiens ton souffle et pose la tête sur mes mains, lui suggéra-t-elle en les plaçant, paumes levées, juste à la surface de l'eau.

— Je me sens bête.

— Personne ne regarde.

Le visage plissé par une grimace, il obtempéra néanmoins. À chaque nouvel essai, Ivy baissait un peu plus les bras, de sorte que le visage de Guy disparut bientôt dans l'étang.

— D'accord, déclara-t-il en se remettant droit, je crois que j'ai compris. Je vais essayer de le faire sans toi. Tu ne me trouves pas trop macho, j'espère ? ajouta-t-il en riant de lui-même.

— Quand tu seras dessous, lui répondit-elle avec un sourire, souffle par le nez.

— Je parie que tu n'as jamais vu un élève progresser aussi vite, lança-t-il après avoir répété l'exercice à plusieurs reprises. Et maintenant ?

— Tu pourrais plonger complètement, lui proposa Ivy. Mais d'abord, allons nous reposer, décida-t-elle en remarquant son hésitation et sa peau hérissée par la chair de poule.

— Non, je veux le faire, insista-t-il.

— Tu n'as rien à prouver, Guy.

— Je veux apprendre à plonger.

— Quand tu seras prêt…

— Je peux y arriver !

— D'accord.

Ivy recula d'un pas.

— Compte, s'il te plaît, lui demanda-t-il. Je veux voir combien de temps je tiendrai le coup.

Il disparut.

— Mille, mille un, mille deux… prononça Ivy à voix haute.

Soudain, elle remarqua que le dos de Guy s'était voûté. Elle s'empressa de plonger les deux bras pour le ramener à la surface. Il avait avalé de l'eau et suffoquait.

— Tout va bien, tout va bien, murmura-t-elle.

Le corps incliné et secoué de tremblements, il se tenait le ventre avec les mains.

— Guy, ça va aller.

Honteux, il se détourna. Ivy ressentit alors le besoin de l'étreindre et resta immobile, derrière lui, en attendant qu'il s'apaise.

— C'est… la nuit, bredouilla-t-il enfin. Je n'aime pas me retrouver dans le noir.

— J'aurais dû y penser, regretta Ivy. Quand Tristan m'a appris à nager, on était dans une piscine bien éclairée.

Guy fit volte-face.

— Tristan… ton ami qui est mort ? C'est lui qui t'a appris à nager ?

— Oui, il adorait l'eau.

— Et tu en avais peur ?

— Elle me terrifiait.

Brusquement, Guy l'attira à lui et la serra gauchement dans ses bras. Elle sentait son cœur battre la chamade. Il enfouit son visage dans ses cheveux.

— Je ne t'oublierai jamais, Ivy, lui dit-il. Si ça m'arrive, c'est que les ténèbres m'auront englouti.

Lorsque Ivy rentra au *cottage*, Dhanya et Beth étaient déjà là, dans le salon. La première lisait, lovée dans un fauteuil ; la seconde, assise sur le canapé, était penchée sur le puzzle.

— Bonsoir, leur dit Ivy. Le film était bien ?

— Oui, répondit Dhanya.

Beth resta silencieuse, mais elle et l'amie de sa cousine considérèrent d'un œil sévère ses vêtements et ses cheveux mouillés.

— Tu étais avec lui, c'est ça ? finit par lancer Beth d'un ton hostile plus que curieux.

— J'étais avec Guy, oui, et je te remercierais de l'appeler par son prénom.

— Sauf que ce n'est pas le sien, lui fit remarquer Beth.

— Pour l'instant, si ! lui rétorqua Ivy.

Là-dessus, elle disparut dans la cuisine où elle attrapa quelques biscuits avant de monter dans la chambre.

Cette nuit-là, Ivy tourna et vira dans son lit. Tout le monde dormait depuis longtemps lorsqu'elle repoussa ses draps d'un coup de pied et s'assit. L'écran du radio-réveil indiquait qu'il était deux heures quarante-trois.

Beth et elle avaient relevé le rideau qui obstruait la fenêtre entre leurs deux lits, mais la nuit était inhabituellement chaude et il n'y avait pas un souffle d'air. La lune, presque pleine, dessinait un cercle brillant sur Beth, dont les draps gisaient par terre et le visage luisait de transpiration.

« Il n'y a rien de plus difficile que de se sentir seul en compagnie de quelqu'un », songea Ivy. Elle posa les pieds sur le sol avec la vague idée d'aller s'asseoir dehors sur une serviette de plage.

Toc, toc.

Elle tourna vivement la tête à gauche. Quelque chose avait percuté la vitre.

Immobile, les yeux rivés vers le carré noir, Ivy se souvint alors du rêve que Beth lui avait raconté. Elle regarda son amie. Ses yeux s'agitaient sous ses paupières et elle avait le souffle court – elle rêvait.

Ivy se pencha vers la fenêtre. Personne ne semblait se trouver sous les arbres au coin du *cottage* ; toutefois, la lune éclatante jetait des ombres noires dans lesquelles il aurait été facile de se cacher.

Les portes en bas étaient rarement fermées à clé. Dérangée par cette idée, Ivy passa son short, mit des sandales, et s'apprêtait à descendre l'escalier lorsque le bruit retentit de nouveau.

Toc, toc.

Beth se redressa brusquement.

— Ivy ?

— Oui.

— Ivy ? répéta Beth d'une voix gagnée par la peur.

Ivy s'empressa de revenir vers elle.

— Je suis là.

— C'est lui. C'est lui qui tire sur la fenêtre !

— Non, non, ne crains rien.

Ivy s'assit auprès de Beth et lui posa une main sur l'épaule.

— À mon avis, ce sont des brindilles qui tombent des arbres.

— C'est lui ! insista Beth.

Elle s'assit et remarqua qu'Ivy était habillée et chaussée.

— Ne sors pas ! s'écria-t-elle.

— Tout va bien, je te dis. Je reviens tout de suite.

— N'y va pas ! C'est lui !

Les yeux de Beth étaient écarquillés de terreur.

Ivy la prit dans ses bras.

— Tu rêvais, Beth.

— Est-ce que les portes sont verrouillées ?

— Je vais voir.

— Non, Ivy ! Il fera tout pour te tendre un piège !

— Beth, écoute-moi. Tu confonds tes rêves avec la réalité.

Toc, toc.

Elles pivotèrent la tête en même temps.

— Qu'est-ce que c'est ?

Dhanya, qui s'était levée, les rejoignit.

— Ne t'approche pas de cette fenêtre, lui ordonna Beth. Il te verrait.

— Qui ? s'étonna Dhanya.

Une voix masculine s'éleva à l'extérieur.

« Dhanya ! »

— Max ? s'exclamèrent les filles en chœur.

— Tu vois, Beth, ce n'est que Max, dit Ivy, à la fois soulagée et irritée.

— Qu'est-ce qu'il fait ici ? se renfrogna Dhanya.

« Dhanya ! »

Ivy alla soulever la moustiquaire et se pencha à l'extérieur pour lancer à voix feutrée :

— Max, rentre chez toi !

Aussitôt, Max émergea de l'ombre.

— Ivy ! Comment tu vas ? répondit-il.

Il avait l'air ivre.

— Tu as vu l'heure qu'il est ? Va-t'en !

— Je veux parler à Dhanya.

— Peut-être, mais elle, non. Pas en pleine nuit.

— Dhanya !

— Chut ! Il va réveiller toute l'auberge, fulmina Ivy en se retournant vers ses amies.

— Vous ne pourriez pas demander à ce sale coyote d'arrêter de hurler ? lança Kelsey en se dressant dans son lit. J'ai besoin de mon sommeil réparateur, moi !

— Je ne veux pas lui parler, décréta Dhanya en repartant se coucher. Je n'ai pas encore décidé si je l'aimais bien ou pas.

— Excuse-moi, mais si Max réveille les clients ou tante Cindy, on aura toutes des problèmes. Alors tu vas venir avec moi et le convaincre de rentrer chez lui, lui ordonna Ivy.

— Bien parlé, ma belle ! s'écria Kelsey avant de laisser retomber sa tête sur l'oreiller.

Beth, elle, tenait le sien serré sur sa poitrine comme pour se protéger.

À contrecœur, Dhanya enfila un peignoir et des chaussures, puis suivit Ivy dans l'escalier.

Quand Max les vit sortir, il voulut venir au-devant d'elles, mais s'effondra au pied de l'arbre contre lequel il se trouvait. Ivy poussa un long soupir. La dernière des choses qu'elle avait envie de faire était d'aller jusqu'à Morris Island en voiture au beau milieu de la nuit. Pourtant, elle ne pourrait pas laisser repartir Max dans l'état où il était.

— Dhanya, tu me brises le cœur ! geignit-il.

Cette dernière haussa les sourcils d'un air blasé.

— Tu as fait comment pour arriver jusqu'ici ? demanda Ivy à Max.

— Bryne… marmonna-t-il, un doigt mal assuré pointé vers le parking.

— Tu veux dire Bryan ? Il est ici ? Où sont tes clés ?

— Bryne… répéta Max.

— À toi de te débrouiller avec lui, dit Ivy à l'adresse de Dhanya, mais ne criez pas ! Je reviens.

La Ferrari jaune était garée au beau milieu de l'aire de stationnement. Assis au volant, les yeux fermés, Bryan écoutait son iPod.

Ivy s'approcha de lui et l'appela à voix basse plusieurs fois. Comme il ne réagissait pas, elle le secoua légèrement. Réveillé en sursaut, il se tourna brusquement vers elle, le poing levé.

— Hé, du calme ! C'est moi.

— Ivy ! bredouilla-t-il, surpris, en laissant retomber son bras mollement.

— Tu as bu ?

Il consulta son téléphone portable.

— Pas depuis deux heures, dit-il d'une voix assez sobre.

— Descends.

— Bien, madame l'agent. Vous voulez me faire passer un test ?

— Oui.

Le sourire aux lèvres, il avança de quelques pas, en ligne droite.

— Écoute, déclara Ivy, rassurée, ton copain n'est pas en train de gagner des points avec Dhanya. Il vaudrait mieux que tu le reconduises chez lui… discrètement.

— Compris, déclara Bryan. Mes excuses, madame l'agent.

Là-dessus, il alla chercher Max qui, satisfait d'avoir pu échanger quelques mots avec Dhanya, se laissa emmener sans résister.

De retour au *cottage*, Ivy ferma à clé la porte d'entrée, ainsi que celle de derrière. Lorsqu'elle monta se coucher, Beth, son drap tiré jusqu'au menton, avait les yeux fermés. Sur son oreiller, près de son visage, l'améthyste étincelait à la lueur de la lune.

— Bonne nuit, lui dit Ivy doucement. Tout va bien maintenant.

— Ne sois pas dupe, lui répondit Beth. Il prépare son coup. Il veut se venger.

Chapitre 19

Le vendredi matin, Ivy et Beth avaient reçu pour tâche de travailler au jardin. La première se chargea d'arracher les mauvaises herbes, la seconde, de couper les fleurs fanées. En dehors de quelques mots brefs en réponse à Ivy, Beth avait peu parlé depuis son réveil.

— Tu te souviens que Max est venu hurler sous la fenêtre pour voir Dhanya ? lui demanda Ivy.

— Non.

— Mais tu te souviens que tu as rêvé ?

— Non.

— Beth, est-ce que tu es en colère contre moi ?

— Non, répondit-elle en coupant une fleur encore fraîche.

Ivy se résigna.

À quinze heures, tante Cindy les remercia tous et les libéra pour le restant de la journée. Beth et Dhanya allèrent prendre le soleil dans le jardin, où elles s'assoupirent rapidement, tandis que Will, installé à leurs côtés, terminait des croquis pour sa bande dessinée, *L'Ange et le Chat de gouttière.* Kelsey, qui trouvait qu'elle était trop disponible pour Bryan, partit seule à Nauset, une plage renommée pour la concentration de surfeurs qu'elle attirait.

Quant à Ivy, elle décida de se rendre à Pleasant Bay.

Elle y écrivit à sa mère, qui n'aimait pas les e-mails, une lettre longue et décousue dans laquelle elle lui raconta sa visite à Provincetown, ainsi que des épisodes cocasses avec des clients de l'auberge. Elle passa tout le reste sous silence.

Une fois son courrier terminé, elle se demanda si elle devait envoyer un SMS à Suzanne. Elle savait que le voyage en Europe de son amie était sa propre façon de mettre de la distance avec l'été dernier. Lorsque Suzanne avait prévenu Ivy et Beth qu'elles n'entendraient pas parler d'elle pendant quelque temps, Ivy avait compris. Suzanne était folle amoureuse de Gregory, qui avait exploité sa jalousie sans vergogne pour attirer Ivy dans ses filets. Au bout du compte, les deux amies avaient perdu celui qu'elles aimaient.

Ivy prit son iPhone. « Tu me manques. Pas besoin de répondre. Je pense à toi. Bises, Ivy. »

Puis elle laissa un message vocal sur le répondeur de Guy : « Bonjour. J'espère que l'abattage des arbres avance bien. Dis bonjour à Fleabag. » Finalement, elle s'allongea, et s'endormit.

Elle rentra au *cottage* avant dix-huit heures. Dhanya, debout devant le long miroir fixé à la porte de la salle de bains, étudiait sous toutes ses faces la minijupe aguichante qu'elle avait sur elle.

— Je crois qu'il vaudrait mieux que je mette le bas de mon bikini, décida-t-elle, penchée en avant, la tête entre les jambes.

— Si tu comptes passer beaucoup de temps dans cette position, je pense que oui, lui répondit Ivy avec un sourire.

Beth sortait de la douche.

— Chase a appelé, l'informa Dhanya.

— Il n'arrête pas de me laisser des messages depuis ce matin, se renfrogna Beth en brossant ses cheveux mouillés, qui sentaient le shampooing à base de plantes.

— Ça doit être pour ça qu'il a essayé sur mon numéro. C'est toi qui le lui as donné, d'ailleurs ?

— Non. Par contre, je lui ai prêté mon téléphone une fois. Et tu es dans ma liste de contacts… ajouta Beth d'une voix traînante.

— Peu importe, dit Dhanya. Je lui ai promis que tu le rappellerais.

— Tu n'aurais pas dû.

— Je pensais que tu avais envie de le voir ce soir. L'oncle de Bryan lui a donné des entrées gratuites pour la patinoire et on est tous invités, expliqua-t-elle à Ivy. Tu veux venir ?

— À la patinoire ? Oui, pourquoi pas.

La situation serait délicate avec Will, mais, tôt ou tard, il faudrait bien qu'ils s'habituent l'un et l'autre à leur nouvelle relation.

— Super ! se réjouit Dhanya. Plus on est de fous, plus on rit, ajouta-t-elle en se tournant vers Beth.

— Peut-être, marmonna celle-ci avant de repartir se sécher les cheveux.

Peu après, Kelsey, revenue du paradis des surfeurs, s'engouffra dans la chambre comme un raz-de-marée et se rua sous la douche à son tour, avant d'en ressortir pour enfiler un short de cycliste moulant à souhait, complété par un haut qui ressemblait davantage à un soutien-gorge à balconnet qu'à une brassière de sport.

Chase, qui avait rappelé Dhanya, était finalement parvenu à se faire inviter, ce qui plongea Beth dans un mutisme résigné. Lorsqu'ils se rassemblèrent tous devant le *cottage*, elle alla aussitôt se poster aux côtés de Will.

Bryan, toujours aussi galant, ne manqua pas d'apprécier la tenue de Kelsey, sans oublier les autres demoiselles présentes. Puis, pareil à un moniteur de colonie exubérant qui a toujours une plaisanterie à raconter, il ouvrit la marche vers le parking.

Vingt minutes plus tard, le groupe découvrait que Pat, l'oncle de Bryan et propriétaire de la patinoire, était aussi expansif que son neveu.

— J'ai prévu des slows, leur annonça-t-il avec un clin d'œil. Mais rassurez-vous, mesdames, ce n'est ni moi ni mon neveu qui les avons choisis.

À l'exception de Max et Bryan, déjà équipés, tout le monde fit la queue pour les patins de location. Max avait abandonné ses motifs hawaïens pour une chemise bon chic bon genre et un jean. Ivy se demanda s'il avait eu vent du fait que Dhanya le trouvait vulgaire. À moins que Bryan ne lui ait donné quelques conseils en le raccompagnant la veille au soir.

— Je ne savais pas que tu faisais du patin, lui lança Kelsey tandis qu'il nouait les lacets d'une paire qui paraissait neuve et chère.

— C'est parce qu'il n'en fait pas, répondit Bryan à la place de son ami. Maxou se contente d'accumuler des jouets dans chacune de ses maisons.

Pour ne pas être en reste, Chase se sentit obligé de préciser qu'il possédait chez lui, à Jackson Hole, trois modèles différents. Puis il s'adressa à Beth :

— Laisse-moi t'aider, Elizabeth.

— Trop tard ! lança Beth en l'autorisant toutefois à lui donner la main pour qu'il la conduise sur la glace.

Bryan et Kelsey, qui les avaient suivis, s'élancèrent à longues enjambées athlétiques, tandis que Max, Dhanya, Ivy et Will les regardaient d'un air hésitant. Will se décida enfin à inviter Dhanya, abandonnant Ivy et Max à leur triste sort.

— Tu cherches un partenaire ? marmonna ce dernier.

— Je t'accompagnerai tout à l'heure avec plaisir, lui répondit Ivy poliment, mais je préfère commencer toute seule.

En file derrière plusieurs couples, elle effectua tranquillement quelques tours de piste, durant lesquels Kelsey et Bryan la dépassèrent à plusieurs reprises. Elle était heureuse de retrouver la sensation de la surface lisse sous ses pieds. En revanche, elle dut se forcer à apprécier la musique, qui n'avait peut-être pas été sélectionnée par l'oncle de Bryan, mais aurait pu l'être par sa propre mère.

« Ce n'est pas grave, se persuada-t-elle. Au moins, elle est rythmée. »

Au bout d'un moment, Chase s'arrêta pour resserrer ses lacets. Ivy en profita pour rattraper Beth et la prendre par le bras.

— Je t'emprunte ta partenaire, Chase ! lança-t-elle.

L'hiver précédent, Beth et elle avaient patiné chaque fin de semaine. L'exercice leur plaisait et, en règle générale, elles trouvaient aisément la même cadence. Pas ce soir-là. Beth était tendue.

— J'ai reçu un texto de Philip, lui dit Ivy dans l'espoir que l'affection que son amie portait à son frère lui donnerait envie de parler.

— Moi aussi.

— Je crois que ses deux « grandes sœurs » lui manquent.

Beth opina.

— Il lui tarde de pouvoir lire les dernières aventures de *L'Ange et le Chat de gouttière*.

— Will doit les lui envoyer lundi.

— Comment va Will ?

Ivy sentit le bras de Beth bouger. Elle essayait de se dégager.

— Ne t'en va pas, Beth. Je l'aime autant que je t'aime, toi. Je t'en prie, ne me laisse pas.

Elles négocièrent le virage.

— Il va bien, finit par répondre Beth, le regard rivé devant elle.

— Et toi ?

— Pas mal.

Ivy se sentit vaincue. Elle respira profondément et tâcha de concentrer son attention sur Max, qui avait entrepris de patiner à reculons pour se mettre au niveau de Will et Dhanya. Après une brève conversation, cette dernière passa à son bras.

Kelsey et Bryan, eux, continuaient à briller par leur agilité et leur rapidité.

— Je suppose qu'on appelle ça du patinage intensif, commenta Ivy.

— Je dirais plutôt de la compétition, rétorqua Beth. C'est leur moyen de séduction.

— Comment ça ? demanda Ivy, heureuse d'avoir enfin trouvé un terrain d'échange.

— Ils essaient de boire plus que l'autre, de rester aux soirées plus longtemps que l'autre, de conduire plus vite que l'autre…

— Vraiment ? Qui te l'a dit ?

— Dhanya. À la plage, ils rivalisent à qui flirtera le plus et de la façon la plus voyante… avec des inconnus, bien sûr.

— Ça me fait penser à Suzanne et Gregory.

Leur amie commune et le quasi-frère d'Ivy s'étaient adonnés à ce petit jeu comme s'il en était allé de leur sélection aux Jeux olympiques, quitte à atteindre le point de rupture.

Beth et Ivy firent un tour supplémentaire avant que Chase les rattrape et se glisse entre elles deux.

— Tu sais, Elizabeth, feindre de ne pas être intéressée par un garçon ne lui donne pas nécessairement envie de rechercher davantage ta compagnie, déclara-t-il.

— Je ne feignais rien du tout, et je n'essaie pas de faire en sorte que tu aies envie d'être avec moi, lui répliqua-t-elle.

Comme si elle avait plaisanté, Chase partit d'un grand éclat de rire.

— Il n'empêche, c'est étrange, reprit-il. Quand des filles dansent avec des filles, ou font du patin avec d'autres filles… c'est qu'elles veulent que les garçons les voient.

— Elles ont peut-être tout simplement envie de danser et de patiner ensemble, lui opposa Ivy.

— Rarement, lui rétorqua-t-il d'un ton sec, ses yeux gris jetant des étincelles.

Il s'empara alors de la main de Beth, et tous deux s'éloignèrent. Ivy remarqua que son amie tenait la tête légèrement de biais. Elle avait beau essayer d'être accommodante, elle était distante. « Que ce soit avec Chase ou avec moi », songea Ivy. À cela près que Chase était si égocentrique qu'il ne s'en rendait même pas compte.

Ivy quitta la piste. Elle regrettait de ne pas avoir pris sa voiture, sinon elle serait rentrée. Elle se dirigea vers la cafétéria, qui était équipée de tables et de chaises en bois orange et bleu vif. Des photos de patineurs tapissaient les murs. Ivy alla s'asseoir et prit son téléphone pour voir si Guy l'avait appelée.

— Fatiguée ? lui demanda Dhanya.

Elle et Max l'avaient suivie.

— Non, je fais une pause, répondit-elle en dissimulant sa déception de ne pas avoir trouvé de message.

— Vous voulez une glace ? suggéra Max. Je vous l'offre !

Bien qu'Ivy n'en veuille pas, elle accepta néanmoins sa proposition, pour lui donner une chance de se montrer « attentionné » et de remonter ainsi, éventuellement, dans l'estime de Dhanya.

Ils étaient en train de passer leur commande lorsque Chase, Beth et Will les rejoignirent. Ils rapprochèrent deux tables et réorganisèrent les chaises autour d'elles. Bryan et Kelsey furent les derniers à quitter la glace, après avoir passé un bon moment au milieu de la piste, pris dans une discussion très théâtrale, dont ils sortirent les joues rouges et les yeux étincelants. « On dirait vraiment Suzanne et Gregory », pensa de nouveau Ivy. Certes, beaucoup de couples se comportaient comme eux, mais ce nouveau parallèle donna l'impression à Ivy d'être poursuivie par le passé.

Tout le monde était finalement assis, lorsque son téléphone sonna.

Will la regarda, sur son quant-à-soi. Il connaissait les mélodies qu'elle avait choisies comme sonneries pour ses amis, sa mère, Andrew, et Philip, de même qu'Ivy avait appris à distinguer celles que lui avait sélectionnées pour ses propres camarades et son père. Il savait donc qu'elle avait un nouveau correspondant. Un autre exemple, s'il en fallait, que leurs vies étaient devenues inextricablement liées. Ivy se hérissa à cette idée. Quel droit avait-il de s'offusquer du fait qu'un inconnu l'appelle ? Elle se leva pour s'isoler.

— Allô ! dit-elle.

— C'est moi.

— Bonsoir.

— Enfin, moi, ou celui que je suis, plaisanta Guy.

Tout en riant, Ivy alla s'asseoir à une autre table.

— Tu as bien travaillé ?

— Oui, beaucoup. Et c'était dur. Mais j'ai une grande nouvelle : j'ai des roues !

— Vraiment ? dit Ivy après avoir rattrapé du bout de la langue une traînée de glace qui coulait le long de son cornet.

— Kip a décidé de me prêter sa vieille moto. Tu es prise ce soir ? Je n'ai pas l'impression que tu te recueilles en écoutant de la musique classique.

— Non, c'est du disco. C'est bien pour patiner, je suppose.

Elle lui expliqua où elle se trouvait et pourquoi ils avaient tous bénéficié de billets gratuits.

— Tu veux nous rejoindre ?

Il y eut un moment de silence.

— Qui est avec toi exactement ?

— Des personnes que tu ne connais pas, répondit Ivy, s'interrompant pour croquer dans son cornet de glace. Beth, Max, Bryan, Chase. Il y a aussi Kelsey et Dhanya... tu t'en souviens peut-être, c'est elles qui m'ont accompagnée au solarium le jour où on s'y est rencontrés. Et Will. Je serais contente de te voir, Guy.

— Je doute que Will le soit.

Ivy regarda par-dessus son épaule. Beth et lui l'observaient. Ils avaient compris à qui elle parlait. Leur regard et leur hostilité l'indifféraient, mais elle décida de ne pas y soumettre Guy.

— Tu as raison, on se verra demain.

Ils parlèrent une minute de plus, puis elle revint prendre place à la table commune.

— Je sais qui c'était... susurra Kelsey.

Sans répondre, Ivy poussa la pointe de son cornet de glace dans sa bouche.

— Le bel amnésique, c'est ça ? insista Kelsey.

— Le gars qu'ils ont sorti de l'océan ? demanda Bryan, l'air soudain intéressé.

— À Chatham ? ajouta Max. Quel est son nom, déjà ?

— Il ne s'en souvient toujours pas, lui dit Ivy. L'hôpital l'a enregistré sous Guy X.

— C'est original... observa Chase.

— Je ne comprends pas comment quelqu'un peut rester sans identité aussi longtemps, s'étonna Bryan. Tu as fait des recherches sur Google ?

— Avec quel mot-clé ? se moqua Chase.

— J'ai essayé « Personnes disparues dans le Massachusetts et Rhode Island », intervint Will.

Stupéfaite, Ivy se tourna vers lui.

— À mon avis, la police et l'hôpital ont fait pareil. J'ai recommencé hier, mais il n'y a toujours pas de profil correspondant.

— Tu aurais dû vérifier la liste des criminels les plus recherchés par le FBI, pendant que tu y étais, lança Ivy d'un ton cassant.

— Je l'ai fait. Le seul problème, c'est qu'il faut déjà avoir été condamné pour y figurer.

Ivy se détourna.

— Par contre, je me suis renseigné auprès d'un ami de mon père, qui est avocat de droit pénal à New York.

— Tu plaisantes ! s'indigna Ivy.

Will poursuivit d'un ton calme :

— Selon lui, la coordination entre les services des forces de l'ordre est très mauvaise d'un État à l'autre, mais aussi d'une ville à l'autre. Donc, à moins d'être à la tête d'un réseau majeur de trafic de drogue ou membre d'un groupe terroriste, on pourrait être soupçonné d'un crime dans un endroit sans que les représentants de la loi quinze kilomètres plus loin le sachent.

Ivy dut faire appel à toutes ses forces pour ne pas hurler.

— Merci pour cette enquête fouillée, Will, murmura-t-elle d'une voix étranglée.

Là-dessus, elle écrasa dans sa main le papier qui avait contenu le cornet de glace et le lança dans une poubelle avant de repartir patiner.

Elle arrivait à la moitié de la piste lorsque Bryan la rattrapa.

— Contrairement à ce qu'on dit, je vois que tu as du caractère, fit-il avec un sourire.

— Tout le monde perd son calme un jour ou l'autre, lui répondit Ivy.

— Parfaitement d'accord. Et savoir quand une personne va craquer est ce qui donne du piquant à une relation. Tu n'es pas quelqu'un qui s'effondre facilement.

Ivy s'abstint de tout commentaire.

— Est-ce que c'est dû à un sang-froid hors du commun ou au fait que tu es trop naïve pour penser qu'on pourrait vouloir te faire du mal ?

— Parce qu'à ton avis, ce sont les deux seules raisons qui font qu'une personne conserve son calme ?

Il accéléra et effectua une pirouette devant elle pour lui faire face.

— Tu en connais une autre ? lui demanda-t-il en patinant à reculons.

— Oui, quand on ne veut aucun mal à personne.

— Oh, ça... Danse avec moi, Ivy !

Il passa derrière elle et la suivit un instant, son corps tout près du sien, ses mouvements parfaitement adaptés à ceux d'Ivy. Puis il revint devant, la prit par la taille, et la fit tourner. Tous deux patinaient maintenant en arrière. En bon danseur qu'il était, Bryan possédait la force et le talent nécessaires pour conduire sa partenaire à effectuer n'importe quelle figure avec une aisance apparente. C'était agréable d'être mené par lui. Ivy sourit.

Malheureusement, déjà las de leur danse, Bryan entama un jeu de hockey imaginaire. Il lâcha Ivy et s'élança comme une flèche avant de s'arrêter net pour faire volte-face et revenir tracer des cercles de plus en plus rapprochés autour d'elle, sans jamais la toucher. Puis il s'éloigna à reculons et repartit en avant, en affectant cette fois d'être équipé d'un palet qu'il aurait balancé de droite à gauche. Ivy supposa qu'elle était censée poursuivre sa course pendant que lui zigzaguait pour l'éviter. Or il jouait si bien son rôle qu'au bout d'un moment, elle fut prise à son piège : elle obliqua brusquement et ils entrèrent en collision.

— Ooh !

Les bras de Bryan se refermèrent sur elle pour l'empêcher de tomber et ils continuèrent à tourner et tourner encore. Il riait aux éclats en la tenant serrée. Lorsqu'ils perdirent enfin de la vitesse, il ne lâcha pas Ivy pour autant, pas aussitôt du moins. C'est donc elle qui s'extirpa de ses bras. Elle avait remarqué que Kelsey les épiait.

— Et si on patinait normalement ? lui proposa-t-elle. Je crois que tu as gagné cette manche avec Kelsey.

— Tu penses que c'est tout ce que j'essayais de faire ? répondit-il en tirant la main d'Ivy à son bras avant d'accorder ses foulées à son rythme régulier.

— Oui.

— D'accord, je joue le jeu. Je vais prétendre que je suis fou amoureux de Kelsey et que je ne vois personne d'autre qu'elle, pas même la fille aux cheveux incroyables et aux yeux verts qu'aucun garçon n'oublierait et que j'ai à mes côtés.

Comme Ivy restait silencieuse, il tourna la tête vers elle.

— Je joue bien la comédie, tu sais.

— Je sais.

— Tu as dû remarquer à quel point je maîtrise l'art de la feinte, et pas seulement au hockey.

— Oui, j'ai remarqué. Et toi, tu as dû voir ce qui se passe quand on trompe trop bien les gens. Les collisions n'ont pas toujours une issue heureuse.

Les yeux pétillants, Bryan rit de nouveau à gorge déployée.

— Si tu savais ! lança-t-il avant de s'éloigner.

Chapitre 20

— Ton majordome m'a fait entrer, dit Ivy à Guy le samedi après-midi.

Elle avait suivi Fleabag le long de l'allée qui contournait la maison vers l'étang.

Guy sourit et étendit une couverture à l'ombre tachetée de lumière d'un vieux pommier. Ils s'allongèrent, appuyés sur un coude, et parlèrent de leur travail : Guy, de l'artiste excentrique dont il avait tondu la pelouse parsemée de sculptures le matin même ; Ivy, du bernard-l'ermite qu'elle avait retrouvé caché sous un oreiller dans le lit d'un enfant. Guy riait volontiers maintenant et Ivy s'en délecta.

— Tu es prêt pour une leçon de natation ? lui demanda-t-elle.

— J'espérais que tu apporterais ton maillot de bain.

Elle sourit.

— Je l'ai, ainsi qu'une bouée.

Elle alla se changer dans la grange, puis revint en coupant par les hautes herbes. Soudain, elle s'arrêta net. Fleabag se tenait seul sur la rive sablonneuse à côté du tee-shirt de Guy. Ce dernier avait disparu.

— Oh, non !

Elle s'élança dans l'eau.

— Guy ! hurla-t-elle.

À deux mètres du bord, elle venait de distinguer la masse sombre de son corps au fond de l'étang.

— Guy !

Alors qu'elle se penchait pour le remonter à la surface, il jaillit hors de l'eau et l'envoya basculer à la renverse.

— Mais qu'est-ce que tu faisais ? s'écria-t-elle en se redressant tant bien que mal.

— Et toi ? Oh ! s'exclama-t-il, un large sourire aux lèvres. Tu voulais me sauver !

Ivy se renfrogna.

— Je m'entraînais à rester sous l'eau, lui expliqua-t-il. Il faut bien que j'apprenne à combattre ma peur. Mon garde du corps ne sera pas toujours avec moi. Ne te mets pas en colère, Ivy.

Comment l'aurait-elle pu ? Elle avait prononcé les mêmes mots que lui le jour où, arrivée à la piscine avant Tristan, elle s'était donné le défi d'aller chercher une pièce au fond du bassin.

— Regarde ce que j'ai trouvé, fit Guy en ouvrant la main.

À la vue du penny étincelant, Ivy retint son souffle.

— Je l'ai vu briller sous l'eau. On aurait dit un morceau de soleil. C'est un signe.

Elle leva les yeux vers lui.

— Un signe… de quoi ?

« Tristan, est-ce que tu es là ? » demanda-t-elle intérieurement.

— D'espoir, répondit Guy d'un ton hésitant. À moins que ce ne soit qu'une vulgaire pièce, et rien d'autre.

— Non, c'est un signe, confirma-t-elle.

Il étudia le penny un instant.

— Je vais le poser sur la couverture, reprit-il. Je ne veux pas perdre mon bout d'espoir.

Ivy le regarda marcher vers la rive, les yeux fixés sur son butin, absorbé dans ses pensées. Fallait-il qu'elle lui raconte cette fameuse journée où Tristan et elle s'étaient embrassés pour la première fois ? Cependant, si Tristan se cachait dans son esprit et que Lacey avait raison…

— Prêt pour ta leçon ? lui lança-t-elle.

— Plus prêt que jamais.

— Bien. Aujourd'hui, on va apprendre à battre des pieds, à respirer et à flotter, annonça-t-elle avec l'assurance d'un véritable professeur pour dissimuler la gêne qu'elle éprouvait à sentir ses yeux sur elle.

Elle lui enseigna le mouvement de jambes, sur place d'abord, puis en avançant avec l'aide de la bouée. Lorsqu'il eut effectué plusieurs allers et retours, elle poursuivit avec des exercices de respiration.

— Fais comme si l'eau était un oreiller, lui recommanda-t-elle, reprenant à son compte le conseil que Tristan lui avait donné en son temps.

Au bout de dix minutes, elle le félicita :

— Bravo, ça te vient naturellement !

— Je suis sûr que tu dis ça à tous tes élèves.

— Maintenant, je vais te montrer comment flotter sur le dos, déclara-t-elle en joignant le geste à la parole.

Guy l'observa durant une longue minute, puis inclina la tête d'un air badin.

— Est-ce que je peux juste regarder ?

— Non.

Avec un sourire, il se baissa, fessier en premier, et coula à pic. Ivy riait tant, quand il remonta à la surface en crachotant, qu'il l'aspergea pour se venger.

— J'ai fait exactement comme toi la première fois, s'esclaffa-t-elle. Il faut cambrer le dos et renverser la tête en arrière jusqu'à ce que tu sentes l'eau au niveau de ton front.

Elle répéta le mouvement pour qu'il comprenne bien, et ferma les paupières. Le souvenir de Tristan, un bras glissé sous elle, lui revint à l'esprit.

— Je flotte, avait-elle murmuré.

— Oui, tu flottes, avait-il soufflé en la dévorant du regard.

Elle rouvrit les yeux. Guy se tenait au-dessus d'elle et elle lut les mêmes mots sur ses lèvres : « Tu flottes, tu flottes… »

Elle sentit ses doigts effleurer ses cheveux éparpillés. Il s'approcha encore et le soleil, qui brillait derrière lui et se reflétait dans l'étang, forma un halo doré autour de sa tête tout en illuminant son visage.

Ses bras l'enlacèrent et il la souleva. Elle eut l'impression que son corps s'éveillait d'un long sommeil.

« Ivy. »

Ses lèvres prononcèrent son nom dans son cou, avant de venir embrasser sa bouche avec une inimaginable tendresse.

Son baiser était celui de Tristan. Ivy le savait, même si Guy ne s'en rendait pas compte.

Elle brûlait de l'envie de le tenir autant que d'être étreinte. Avec délices, elle offrit son visage à sa main qui repoussait ses cheveux. Il déposa de légers baisers sur ses oreilles, sur le bout de son nez, et elle rit de son côté joueur, certaine que c'était la joie de Tristan qu'elle sentait sous le toucher de Guy.

« Tristan, je t'aime, songea-t-elle. Je t'aimerai toujours. »

Chapitre 21

Le dimanche, Ivy accompagna Beth et tante Cindy à l'église. Will choisit de rester pour assurer le service à l'auberge. Il avait demandé à Beth de prévenir Ivy qu'il s'occuperait de réunir ce dont ils avaient besoin pour le feu de camp prévu le soir même. « Will, à jamais loyal et toujours attentionné », maugréa Ivy intérieurement. Était-ce ce qu'il cherchait à prouver ? Elle s'en voulut de cette pensée. Il avait traversé tant d'épreuves à ses côtés ; lui aussi avait besoin de tourner la page.

Maggie et Andrew attendirent la fin de l'après-midi pour l'appeler, car ils savaient qu'elle travaillerait une bonne partie de la journée.

Maintenant que tous les clients étaient partis à l'exception de deux couples, Ivy s'assit pour leur parler sur la véranda face à la mer. Dix minutes environ après qu'elle eut raccroché, Philip l'appela depuis sa cabane.

— Lacey est venue me voir ce matin, lui dit-il d'emblée.

— Ah bon ?

— À l'église, pouffa-t-il. Elle m'a fait des chatouilles.

— Ça ne m'étonne pas d'elle.

— Pendant le sermon du révérend Heap.

— Je la reconnais bien là.

— Il m'a mal regardé, mais une des vieilles femmes qui s'occupent des fleurs a pointé le doigt sur moi en criant : « Un ange, un ange ! »

Ivy s'esclaffa.

— Elle a vu le halo.

— Alors, c'est une croyante.

— Ce qui est bizarre, c'est que le révérend, lui, n'a rien vu. Maman est devenue toute rouge.

— Et Andrew ? Enfin, papa... rectifia Ivy.

— Il a trouvé ça drôle aussi. En tout cas, Lacey m'a dit qu'elle voulait juste voir comment j'allais parce qu'elle savait que Tristan me manquait. Elle a raison, tu sais.

La gorge d'Ivy se serra.

— Maman, papa et moi, on a regardé des photos de lui quand on est rentrés.

— Bonne idée, balbutia Ivy en séchant une larme. Je crois que je vais faire pareil.

Après sa conversation avec son frère, Ivy contempla son téléphone un long moment, sans savoir si elle devait prendre contact avec Guy ou non. Ce jour-là, plus que tous les autres, elle ressentait le besoin d'entendre sa voix.

Sur la table en osier à côté d'elle était posée une cruche remplie de roses. La senteur de ces fleurs d'un rose éclatant coupées le matin même dans le jardin de tante Cindy rappela à Ivy le dernier soir qu'elle et Tristan avaient passé ensemble. Il lui avait offert un bouquet de roses, couleur lavande. Cette teinte inhabituelle avait fini par symboliser aux yeux d'Ivy l'amour unique d'une vie. Mais elle l'associait aussi à l'eau – l'eau à l'aube, l'eau à la tombée de la nuit, et l'eau qui lui avait ramené Tristan sur terre. « Tristan, tu es là ? »

C'était sans doute folie que de croire à son retour. Sans compter que le voir en Guy constituait une véritable injustice à l'égard de ce dernier. Cependant, Ivy ne pouvait se départir de son sentiment. « Tristan, tu m'entends ? »

Le téléphone sonna. Ivy écouta la mélodie longtemps avant de décrocher.

— Allô !

— Bonjour, c'est moi, dit Guy. J'avais peur que tu ne me répondes pas.

— Je… réfléchissais, admit-elle. Qu'est-ce que tu fais ?

— Je suis en train d'abattre des arbres. Et toi ? En dehors de réfléchir, bien sûr.

— Ce matin, on a passé beaucoup de temps à nettoyer, comme tous les dimanches. Ensuite, je suis allée à la messe, et j'ai parlé à ma famille.

— Qu'est-ce qui ne va pas ?

— Comment ça ?

— J'entends dans ta voix que quelque chose ne va pas.

Ivy se retint de pleurer.

— Ivy ? Ivy, tu es là ?

— Attends.

Elle chercha un mouchoir dans sa poche.

— Ça va ? répéta Guy. Ivy, parle-moi !

— Oui, ne t'inquiète pas, lui répondit-elle en se séchant les yeux avant de se moucher.

— Ne te sens pas obligée de répondre, mais je t'en prie, ne raccroche pas.

— Je n'ai pas l'intention de le faire.

Elle prit le temps de se ressaisir et déclara enfin :

— Ça y est, je suis prête.

— Qu'est-ce qu'il t'arrive ?

— Aujourd'hui… c'est le 25 juin.

— Et c'est un jour spécial.

Le savait-il ou le supposait-il ?

— Oui, c'est le premier anniversaire de la mort de Tristan.

Guy resta silencieux un instant.

— Je suis désolé. Est-ce que je peux me rendre utile ? Tu veux que je vienne ? Tu préfères me rejoindre ici ? Rester seule ?

— Non, je pars bientôt avec Will et Beth. On va faire un feu de camp en l'honneur de Tristan sur la plage de Race Point.

— Je suis sûr qu'il serait ravi que vous commémoriez sa disparition de cette façon.

— Tu veux venir ? lui proposa-t-elle brusquement. S'il te plaît.

— Oui… pourquoi pas… Entendu, je vous retrouverai là-bas. Quand ?

— Vers vingt heures.

Une fois leur conversation terminée, Ivy partit marcher. Peu après dix-huit heures, elle revint au *cottage* pour se mettre en jean. Elle trouva Dhanya assise sur la balancelle.

— Comment tu vas ?

— Ça peut aller, merci, répondit Ivy.

— Will nous a dit que le feu de camp était maintenu et il nous a invitées.

— Ce n'est pas une fête, lui rétorqua Ivy, surprise par l'annonce de cette nouvelle.

— Non, c'est une veillée, lança Kelsey.

Elle venait de sortir du *cottage*, une assiette en carton à la main dont débordait une énorme part de pizza.

— Et une veillée, c'est une fête pour les morts, reprit-elle. Quelle meilleure façon d'honorer ce cher disparu ?

— Il s'appelle Tristan, lui répliqua Ivy avant de disparaître à l'intérieur.

Elle était en colère. De quel droit Will pensait-il qu'elle serait heureuse d'avoir la compagnie de Dhanya et Kelsey ? Cela étant, elle avait invité Guy, et Will en serait tout aussi mécontent. « Sois équitable », se morigéna-t-elle.

Une demi-heure plus tard, Will avait fini de charger le bois, les pelles et une glacière dans le coffre de sa voiture. Ivy monta à l'arrière tandis que Beth s'installait à l'avant. Kelsey et Dhanya les suivirent dans la Jeep. Cinquante kilomètres séparaient l'auberge de la plage et Ivy eut beau guetter le moment opportun pour prévenir Beth et Will de la venue de Guy, elle ne le trouva jamais. Un silence embarrassé régna dans la voiture durant tout le trajet. Ivy finit par se dire que Will avait invité la cousine de Beth et son amie pour servir de tampon, afin qu'ils ne se laissent pas déborder par leurs émotions.

Une fois les deux voitures garées sur le parking, Kelsey offrit de tirer la glacière à roulettes. Will porta les bûches, et Ivy le petit bois. Beth prit les serviettes, ainsi qu'une brassée de sauge à fleurs rouges qu'elle avait coupée dans le jardin de tante Cindy. Dhanya, enfin, avait été chargée par Ivy de s'occuper de l'album photo qu'elle avait apporté.

De grandes dunes séparaient le parking de la plage. En file indienne, ils entamèrent une lente procession. Ivy apprécia l'effort demandé par cette marche ; le sable était chaud, et un agréable vent frais soufflait.

Will et elle creusèrent le trou où ils allumeraient le feu. Beth les regarda faire, assise sur une serviette, l'album photo dans les bras. Kelsey, elle, ouvrit impatiemment la glacière pour découvrir avec déception qu'elle ne contenait aucune boisson alcoolisée. Elle entraîna donc Dhanya dans l'eau, où elles s'aspergèrent en riant.

Quand le trou fut prêt, Will y plaça les bûches, puis le petit bois. Ivy contemplait l'océan, qui avait revêtu une teinte bleu indigo. Race Point se trouvait à l'extrémité nord du littoral, là où la longue péninsule de cap Cod s'incurvait vers les terres. Le coude formé par la plage ainsi que par l'horizon à cet endroit donna l'impression à Ivy de se trouver entre deux mondes. Celui qu'elle avait toujours connu luisait à l'ouest, peint de rose et d'or, tandis que l'autre, à l'est, était mauve et déjà ponctué de quelques étoiles, comme au soir où Tristan l'avait embrassée. Elle se sentait tiraillée entre les deux.

Lorsque les flammes crépitèrent, Kelsey et Dhanya les rejoignirent.

— On va chanter ? demanda la cousine de Beth alors qu'ils prenaient tous place.

— Non, on va échanger nos souvenirs, lui répondit Will posément, pour nous rappeler quel genre de personne Tristan était et ce qu'il aimait faire.

— C'est déprimant ! lança Kelsey en tournant soudain la tête. Hé, salut ! s'exclama-t-elle alors, l'air rayonnant.

Tout le monde suivit son regard.

— Qui t'a invité ? demanda Will sèchement à Guy.

— Moi, répondit Ivy à sa place.

— Je t'ai apporté des fleurs, lui dit Guy.

Comme s'il hésitait à les lui offrir, il cachait derrière lui le bouquet emballé dans du papier.

Le sourire aux lèvres, Ivy se leva, les bras tendus.

— Oh ! souffla-t-elle, les larmes aux yeux. Elles sont lavande !

— J'ai mal choisi ? murmura Guy en s'empressant d'écarter le bouquet.

— Non, non ! Elles sont parfaites ! s'exclama Ivy en le lui prenant des mains.

Elle plongea ses yeux dans les siens.

— Comment as-tu fait pour deviner… que j'adorais les roses de cette couleur ?

— Je n'en sais rien, je me suis dit que c'était une teinte qui t'allait bien.

— Elles sont magnifiques, merci, chuchota Ivy en les serrant contre elle.

— Mes parents m'ont offert les mêmes pour mes seize ans, lança Dhanya. Ils choisissent une couleur différente chaque année et le nombre correspond toujours à mon âge.

— Avant que princesse Dhanya nous raconte le détail de ses époustouflantes fêtes d'anniversaire, lança Kelsey, prends un soda, Guy, et assieds-toi, qu'on démarre cette veillée.

Ivy lui fit de la place sur sa serviette.

Will parla en premier, du Tristan nageur de haut niveau. Puis Ivy raconta le jour où, encore nouvelle au lycée, elle avait été forcée par Suzanne et Beth à assister à la compétition de natation à laquelle il prenait part.

— Est-ce que je peux regarder l'album ? demanda Dhanya à Beth.

Elle en tournait les pages, lorsqu'elle s'exclama :

— C'est qui, cet apollon ?

Se levant pour aller montrer la photo à Ivy, elle posa l'album sur les genoux de celle-ci et se ménagea un petit espace entre elle et Guy.

— Gregory.

Ivy entendit Beth retenir son souffle. Will baissa la tête.

— L'assassin ? Fais voir ! lança Kelsey en se glissant jusqu'à eux. On ne dirait pas un meurtrier.

— Pourquoi, ils ont un profil type ? lui répliqua Beth. Comment peux-tu le savoir ?

— En général, il y a de la cruauté dans leurs yeux, et dans le dessin de leur bouche. Ce n'est pas ça qui ressort sur cette petite photo.

— C'est quoi, cette robe ? s'écria Dhanya. Qu'est-ce qu'elle est moche ! Ne me dis pas que c'est toi qui l'avais choisie, Ivy.

— Non, répondit-elle en pointant le doigt sur la page en vis-à-vis. Là, devant la table d'invités, c'est Tristan.

Guy se pencha un peu pour l'étudier, mais son visage resta impassible.

— Tristan ? fit Dhanya avec une moue. Il était serveur ?

Ivy éclata de rire. Elle leur expliqua comment il avait réussi à convaincre le traiteur chargé du mariage de sa mère de l'embaucher.

— Ça a été un coup de foudre entre mon frère et lui.

— C'est Philip ! dit soudain Guy en montrant une autre photo.

Le cœur d'Ivy se mit à palpiter. Puis elle se souvint que tous les deux s'étaient rencontrés à l'hôpital.

— Il est mignon, déclara Kelsey avant de repartir s'allonger sur sa serviette, les yeux levés vers le ciel qui s'assombrissait.

— Beth, tu as changé de coiffure ! s'exclama Dhanya. Je te préfère maintenant.

Elle regardait une photo où Beth posait avec Tristan et Ella.

— Ça, c'est ma petite chatte, indiqua Ivy à Guy. Ma mère ne voulait plus que je la garde et c'est Tristan qui l'a adoptée. Il ne savait pas du tout comment s'occuper d'un chat et, pour essayer de me rassurer, il m'a promis qu'il lui donnerait des bains régulièrement.

Guy sourit.

— C'était une excuse pour te voir.

— Oui, mais il s'est vite attaché à Ella.

— Avec qui est-elle maintenant ?

— Gregory l'a pendue, répondit Beth.

Dhanya étouffa une exclamation. Will jeta une brindille dans le feu.

— Il n'a pas lésiné sur les moyens pour te faire du mal, observa Guy.

— Non. Et si Will ne m'avait pas aidée, il aurait atteint son but. Will a risqué sa vie pour moi. C'est lui qui m'a sauvée.

À ces mots, elle se leva et se dirigea vers Will, qui n'avait pas détaché les yeux des flammes. Elle s'agenouilla derrière lui et le serra dans ses bras.

Alors que Will se laissait aller contre elle et posait ses mains sur les siennes, Ivy vit Guy fermer l'album. Il les observait avec intensité par-dessus la lumière du feu.

— Dhanya… lança Kelsey en se redressant. Tu pleurniches pour un chat et un gars que tu n'as jamais rencontrés ?

— Je connais Ivy et Will, se défendit son amie.

— Vous savez quoi, si personne ne change d'humeur ici, je m'en vais, décréta Kelsey.

Au vu du silence qui lui répondait, elle se leva en soupirant.

— Puisque c'est comme ça, mesdames et messieurs, je vous tire ma révérence. Tu viens, Dhanya ?

Celle-ci lui adressa un signe négatif de la tête.

— Je t'accompagne, déclara Beth en sautant sur ses pieds.

Will et Ivy la regardèrent d'un air surpris.

— C'est fini, leur dit-elle. Tristan a disparu.

Elle jeta son bouquet de sauge dans le feu, qui s'embrasa. Les flammes s'élevèrent un moment vers le ciel, avant de retomber en une multitude d'étincelles, qui devinrent noires comme les cendres.

« Une pluie de météores », songea Ivy.

— Repose en paix, Tristan, murmura Will.

Chapitre 22

Une heure plus tard, Will et Ivy couvrirent le feu de cendres. Ivy aurait bien aimé repartir avec Guy sur sa moto, mais elle sentit que Will, encore trop fragile, considérerait comme une nouvelle trahison de sa part qu'elle ne rentre pas avec Dhanya et lui.

Tout le monde se coucha de bonne heure et Ivy s'endormit vite. À trois heures du matin, elle se réveilla en sursaut, instantanément sur le qui-vive. Elle avait le sentiment qu'on l'avait appelée. Elle s'assit dans son lit et tendit l'oreille. Beth, Dhanya et Kelsey dormaient. Ivy s'agenouilla devant la fenêtre et pressa le visage contre la moustiquaire. Rien. Pas de bruit, pas de silhouette. Elle se remit debout, passa un tee-shirt et un jean, prit son portefeuille et, ses chaussures à la main, descendit l'escalier sur la pointe des pieds. Dehors, la pleine lune, qui brillait haut dans le ciel, baignait le jardin d'une lumière argentée. Ivy s'arrêta un moment pour respirer l'air calme de la nuit, puis se dirigea vers sa voiture d'un pas décidé, comme si elle avait prévu des heures auparavant qu'elle retournerait sur la plage de Race Point. Elle se mit au point mort et laissa la Coccinelle descendre l'allée en silence, tous feux éteints. Lorsqu'elle atteignit la route, elle démarra.

Ivy avait l'impression de ne pas être entièrement elle-même. D'où tenait-elle cette conviction que quelqu'un l'attendait ? L'avait-elle rêvé ? Quelle qu'en soit la raison, elle était certaine qu'elle ne venait pas d'elle.

Elle laissa sa voiture sur le parking vide de la plage et descendit vers la mer. Les couleurs vibrantes du soleil couchant et du feu de camp s'étaient éteintes. Les dunes et l'océan, qui miroitaient désormais doucement à la lueur de la lune, semblaient d'un autre monde.

— Je savais que tu serais là.

Au son de la voix de Guy, le cœur d'Ivy s'arrêta. Il l'avait suivie.

— Vraiment ? Et comment ? lui demanda-t-elle en se retournant.

— Je n'arrivais pas à dormir. J'étais persuadé que tu reviendrais, et que je devais te rejoindre.

Il se tenait à un mètre d'elle, ses cheveux blond cendré rendus gris par la lune.

— Pourquoi es-tu revenue ?

— Je ne sais pas. J'ai senti qu'on m'appelait.

Ils marchèrent ensemble jusqu'à l'endroit où ils avaient fait le feu de camp dans la soirée. Ivy y avait laissé une rose. Elle la ramassa et en effleura les pétales veloutés.

— Il t'offrait les mêmes cadeaux, dit Guy.

— Tu étais au courant ?

— J'ai compris quand j'ai vu ta réaction.

Ivy baissa les yeux.

— Je voulais te faire plaisir, reprit Guy. Je suis désolé de t'avoir blessée.

— Détrompe-toi. Recevoir ces roses a été comme… un miracle. Comme si je recevais un message de Tristan.

— Suis-moi, lui dit Guy en lui tendant la main. On va s'asseoir.

Il la conduisit vers un endroit abrité entre deux buttes de sable dont les oyats bruissaient, où ils s'adossèrent à un rondin de bois blanchi par l'eau de mer.

— Quand Will et toi avez parlé de Tristan, dit Guy, j'ai eu l'impression de le connaître.

Ivy leva vers lui des yeux remplis d'espoir.

— Comment est-il mort ?

— Gregory a sectionné les freins de sa voiture. On roulait sur une route sinueuse. Un daim a traversé au moment où un autre véhicule arrivait en face. On n'a pas eu le temps de s'arrêter. J'ai survécu. Pas lui.

Elle voulut chercher sur son visage un signe qui lui indiquerait même de façon fugitive qu'il se souvenait, mais il détourna la tête.

— Est-ce que Gregory était jaloux de Tristan ? lui demanda-t-il. Est-ce que Gregory t'aimait ?

— Non, c'était moi sa cible. Je l'avais rencontré le soir où il avait tué sa mère…

— Tué sa mère !

— Il pensait que je savais que c'était lui, le coupable.

— D'accord, mais est-ce qu'il était amoureux de toi ?

— Pendant un certain temps, il a feint de vouloir prendre soin de moi. Je faisais des cauchemars atroces et, quand je hurlais, il venait toujours me voir. Il était doux. Il me tenait jusqu'à ce que je me rendorme.

— Alors, peut-être que…

— Non. Il est devenu clair à la fin qu'il me détestait.

— L'amour peut nourrir la haine.

Les sourcils froncés, il dessina un triangle dans le sable et en suivit deux fois le tracé du bout du doigt.

— Qu'est-ce qu'il y a ? lui demanda Ivy.

— Je n'en sais rien, répondit-il en secouant la tête. Parfois, j'ai l'impression que des souvenirs me reviennent, et puis je perds le fil à nouveau.

Ivy lui caressa la joue du dos de la main.

— Je suis obsédée par un passé que je ne parviens pas à oublier, et toi, par un passé que tu ne parviens pas à retrouver.

Guy l'enlaça.

— Alors, vivons dans le présent, murmura-t-il. Chaque moment que je passe en ta compagnie est comme un cadeau de la vie.

Ils levèrent les yeux vers les étoiles. Son baiser, tendre d'abord, se fit passionné. Il ôta sa chemise pour l'étendre sur le sable, puis s'allongea tout au bord. Ivy vint se lover contre lui.

— Dors maintenant, lui chuchota-t-il en la serrant fort. On est ensemble. Dors.

Ivy s'éveilla sous un ciel strié à l'est de traînées couleur de pêche rose. Les yeux fermés, Guy la tenait toujours dans ses bras. Elle se glissa sur le flanc et se souleva sur un coude pour étudier son visage, ses cils dorés, son début de barbe. Puis elle suivit avec son index le contour de ses lèvres.

Ses paupières se soulevèrent.

— Bonjour, dit-il tout bas. Bien dormi ?

— Oui, très bien. J'ai trouvé un bon oreiller. Et toi ?

Il dressa la tête juste assez pour pouvoir l'embrasser sur l'épaule.

— J'ai enfin un compagnon de nuit qui n'a pas de puces.

Elle le poussa en riant.

— À quelle heure dois-tu être au travail ? lui demanda-t-il.

— Oh, le travail !

Elle s'assit vivement pour prendre son téléphone. Il était déchargé.

— Tu as l'heure ? s'enquit-elle.

Guy sortit son propre portable de sa poche.

— Un peu plus de cinq heures.

— L'auberge est à peu près à une heure d'ici et je commence à six heures et demie !

— Bienvenue sur terre, lui dit-il en se levant d'un bond, la main tendue vers elle.

Elle se laissa aider, puis ramassa la chemise, qu'elle secoua avant de la lui rendre.

Comme il avait garé sa moto plus loin, près de l'accueil des visiteurs, Guy rattrapa Ivy sur la route 6 et la suivit jusqu'à l'auberge. Lorsqu'ils y arrivèrent, le soleil dardait des rayons jaunes entre les branches du pin de Virginie. Guy descendit de sa moto pour consulter l'heure sur son téléphone.

— Cinq heures cinquante-huit, informa-t-il Ivy.

Elle s'était adossée contre la portière de sa Coccinelle, peu encline à lui dire au revoir.

— Beth prétend que les voitures sont comme les vêtements, des détails qui complètent le caractère d'un personnage.

— Et ?

— Quel genre de voiture aimerais-tu avoir ?

— Un engin qui a beaucoup de chevaux sous le capot, et de l'allure même quand il est cabossé.

Ivy sourit. Main dans la main, ils remontèrent le chemin vers le *cottage*.

— Qu'est-ce que tu penses avoir conduit avant ?

— Une voiture qui appartenait à quelqu'un d'autre certainement, comme à mes parents, par exemple, ou…

Sa voix se brisa.

— Comment le savoir ?… reprit-il. Si ça se trouve, je n'ai même pas de parents.

— Quel genre de parents aimerais-tu avoir ? Une mère médecin ?

Guy eut un mouvement de recul.

— C'est dangereux, Ivy.

— Quoi ? lui répondit-elle, sur la défensive.

— Tu essaies de me reconstruire une histoire. Je suis déjà assez confus comme ça, je ne veux pas mélanger ma réalité avec mes désirs… de maintenant.

« Et quels sont ces désirs ? » voulut lui demander Ivy. Mais Guy avait tourné la tête vers le *cottage*.

Beth était assise sur la balancelle, Will sur le seuil de la porte. Tous deux avaient les bras croisés.

— Où étais-tu ? lui lança Beth avec dureté.

— À Race Point.

— Pourquoi est-ce que tu es repartie là-bas ? Et lui, qu'est-ce qu'il y fabriquait ?

— On avait envie de s'y retrouver, expliqua Ivy posément, malgré la colère qu'elle ressentait à entendre Guy constamment mentionné par « lui ».

Will se leva brusquement et s'en alla. Alors que Beth se mettait aussi debout, Kelsey apparut à la porte du *cottage*, vêtue d'une nuisette en satin.

— Tiens, tiens, tiens… susurra-t-elle en tenant la porte-moustiquaire ouverte. Ivy l'irréprochable rentre à l'aube après une petite escapade. Je suis ravie de savoir que tu as passé une meilleure nuit que nous.

Beth la força à rentrer dans le salon.

— Tu me dois une fière chandelle ! cria Kelsey par-dessus son épaule. J'ai empêché Beth de prévenir tante Cindy pour t'éviter des ennuis. Sans compter que tu nous dois au moins une heure de sommeil perdu, à Dhanya et à moi. Beth était littéralement hystérique.

Ivy se tourna vers Guy.

— Je crois qu'il vaut mieux que tu y ailles, lui dit-elle doucement. Je te rappelle dans la journée, d'accord ?

Il serra sa main dans les siennes, puis repartit vers le parking.

Une demi-heure plus tard, après s'être changée, Ivy entra dans la cuisine de l'auberge. À en juger par la mine sombre de Will, l'air sévère de Beth, la lueur dans les yeux de Kelsey et les regards furtifs de Dhanya, il était évident qu'un incident était survenu pendant la nuit. Tante Cindy les jaugea tous d'un rapide coup d'œil et, au lieu de leur assigner leur tâche comme à l'accoutumée, leur annonça :

— Aujourd'hui, il me faut une personne au jardin, une avec moi pour servir le petit déjeuner, une pour nettoyer la chambre que les clients ont libérée tard, et deux pour laver la véranda. Débrouillez-vous pour vous répartir les rôles.

Là-dessus, elle s'occupa de préparer son pot de café fort.

Ivy, qui voulait être seule, choisit la corvée la moins appréciée de tout le monde et s'occupa du service d'étage. La charge de travail s'avéra assez légère, et elle finit tôt.

Elle décida de descendre sur la plage en contrebas de l'auberge. À mi-hauteur de l'escalier accroché à flanc de falaise, elle s'arrêta pour s'asseoir quelques minutes sur un des bancs installés sur le palier. Elle avait envie de penser à Guy. Elle se remémora chaque tendre moment passé en sa compagnie et dressa la liste des signaux qui l'avaient convaincue que Tristan était en lui. Puis elle alla marcher au bord de l'eau.

Des idées noires s'emparèrent alors de son esprit. Et si Lacey avait raison et que Tristan avait commis un acte interdit en la ramenant à la vie ? Et si Guy, qui semblait tant l'aimer, se rendait compte de sa présence dans son esprit et parvenait à maudire son âme à jamais ?

Absorbée dans ces pensées, elle remonta lentement vers l'auberge.

— Ivy.

Elle leva les yeux pour découvrir Will et Beth, debout sur le palier de l'escalier. Épaule contre épaule, ils la regardaient d'un air sombre. Ivy avait l'impression de faire face aux anges armés d'une épée que Dieu avait placés devant le jardin d'Éden pour empêcher Adam et Ève d'y revenir.

— Pardon, leur dit-elle en essayant de passer.

— Il faut qu'on parle, déclara Will sans bouger. Ça va trop loin.

— Qu'est-ce que ça veut dire ? se renfrogna Ivy. C'est une menace ?

— Appelle ça comme tu veux. Si on s'immisce dans tes affaires, c'est parce qu'on s'inquiète de tes choix.

— Tu prends de gros risques, intervint Beth.

— On prend toujours des risques quand on tombe amoureux.

— Le problème, c'est que tu ne sais pas qui est Guy, objecta Beth.

— Détrompe-toi, lui rétorqua Ivy. Je crois que je le connais mieux qu'il ne se connaît lui-même.

— Ce qui est exactement la réponse que tu as donnée au sujet de Gregory quand on a retrouvé sa mère morte, lui fit remarquer Will. Tu avais pitié de lui et tu lui pardonnais tout. Tu disais que tu vivais sous son toit, que toi seule le comprenais. Et voilà que, maintenant, tu trouves des excuses à Guy.

— Alors qu'il ne se rappelle même pas pourquoi il a été impliqué dans une bagarre qui a failli le tuer, compléta Beth.

— Qui sait, reprit Will, s'il n'a pas tué quelqu'un lui-même et pris des coups pendant la lutte ?

— Vous êtes fous ! s'exclama Ivy. Aussi fous que de penser que ce serait lui qui a provoqué notre accident !

— Ivy, il fait semblant de ne pas se souvenir, s'écria Will. Pourquoi es-tu si naïve ?

— Et pourquoi es-tu toujours prêt à voir le pire chez les autres ?

— J'ai reçu un e-mail de Suzanne, murmura Beth.

— Ah bon ?

Ivy s'adossa à la rambarde, soudain submergée par le poids de leur dispute.

— Elle a rêvé de Gregory.

Ivy réfléchit un instant.

— Ça n'a rien de surprenant, décida-t-elle.

— Les rêves ont commencé il y a deux semaines.

— Beth, on pense tous à Gregory et à Tristan depuis deux semaines.

— J'ai lu ses messages, précisa Will. Suzanne ne se souvient pas de ses rêves. Par contre, elle est sûre qu'elle parle à Gregory.

— Dans ses rêves, insista Ivy. Elle revit des scènes du passé.

Will serra les poings d'impatience.

— Je viens de te dire qu'elle ne se souvient pas de ses rêves, répéta-t-il, la voix tendue. Elle a l'impression d'être hantée par Gregory.

Ivy les dévisagea l'un après l'autre. La sueur perlait au front de Will et Beth tenait si fort l'améthyste accrochée à sa chaîne que le bout de ses doigts en était blanc.

— Il fallait s'y attendre, s'obstina Ivy. Quand Gregory est mort et qu'on a découvert la vérité sur son compte, tout le monde s'est émerveillé du courage avec lequel Suzanne a réagi. Mais le courage ne sert à rien avec ce qui nous est arrivé. On a vécu un cauchemar, et bien sûr que ce cauchemar en a créé d'autres dans notre esprit, et qu'ils ne disparaîtront que quand ils le voudront bien ! Il n'existe pas de raccourci pour guérir d'un mal pareil. Suzanne est dans la même situation que nous, elle commence enfin son deuil.

— Non, Gregory est revenu, déclara Beth en descendant deux marches vers Ivy pour lui poser une main glacée sur le bras. Ivy, tu as failli perdre la vie il y a quinze jours... dans un accident de voiture, comme l'an dernier. Quelle autre preuve te faut-il pour me croire ?

Ivy se dégagea de l'étreinte de Beth, puis se fraya un chemin entre elle et Will.

— Tu donnes plus de crédit à ton imagination qu'à la réalité, Beth, lança-t-elle à son amie. Will et toi avez décidé que vous aviez raison, et vous n'essayez même pas de m'écouter.

— Oh que si, j'écoute ! s'écria Beth par-dessus son épaule. Mais j'entends des choses que toi, tu n'entends pas.

Chapitre 23

Le conflit qui opposait Ivy à ses deux meilleurs amis lui laissa un goût amer. Autant elle s'inquiétait pour Beth, autant elle savait qu'il serait inutile, en l'état actuel des choses, de parler davantage à Will, puisqu'il considérait qu'elle avait perdu la raison.

En fin d'après-midi, elle monta dans la chambre pour se changer. Guy et elle avaient rendez-vous à la fête foraine et elle voulait être bien habillée. Beth faisait les cent pas dans la pièce, le téléphone collé à l'oreille.

— Non, je suis prise, disait-elle à son interlocuteur. J'ai déjà quelque chose de prévu ce soir.

Elle écouta un moment, puis se renfrogna.

— Je n'ai jamais dit ça, Chase… Non, tu ne peux pas venir avec moi.

Lorsqu'elle remarqua la présence d'Ivy, elle lui tourna dos et, la tête dans les épaules, continua de parler en chuchotant. Ivy l'observa un instant dans le miroir, avant de poursuivre son chemin jusqu'à la commode.

— Désolée, mais je dois raccrocher, conclut Beth soudain.

Ivy lui jeta un regard furtif. Une semaine plus tôt, elle aurait invité Beth à venir s'asseoir sur le lit en tapotant la place à côté d'elle, puis elle lui aurait demandé comment elle allait. Ce jour-là, c'est sans rien dire qu'elle la regarda grimacer devant son miroir et tressaillir comme si elle avait touché un objet déplaisant. Elle ne lui dit pas non plus au revoir quand elle descendit l'escalier.

Quelques heures plus tard, Ivy lisait une banderole tendue entre deux anciens camions de pompiers.

— C'est la journée des fraises ! s'exclama-t-elle gaiement en glissant sa main dans celle de Guy.

Les festivités annuelles, organisées dans le but de collecter des fonds pour les casernes de cap Cod durant une semaine, offraient un mélange haut en couleur de baraques et d'animations foraines dans un espace décoré de guirlandes.

— Par quoi veux-tu commencer ? demanda Ivy à Guy.

— Les jeux, décréta ce dernier avec un grand sourire. J'ai l'impression que la chance est avec moi, ce soir. On essaie les fléchettes ? Par là !

Le fond de la baraque, tenue par une femme coiffée d'un casque de pompier, était tapissé de rangées de ballons rouges, blancs et bleus. Guy posa deux dollars sur le comptoir.

— Voilà, mon garçon, dit la femme avec un fort accent local. Bonne chance !

Guy s'empara d'une fléchette et l'examina un instant en la tournant dans sa main.

— J'ai oublié… murmura-t-il. Comment fait-on déjà ?

Ivy le regarda avec un tel air de détresse qu'il éclata de rire.

— Je plaisante, la rassura-t-il avant de tirer.

Pan !

— Et d'une ! dit la femme.

Il visa de nouveau et lança, sans succès.

— Une sur deux.

Les mâchoires serrées, Guy se concentra. *Pan !* Encore. *Pan !*

— Trois sur quatre ! annonça la femme.

Guy saisit la dernière fléchette. *Pan !*

— Quatre sur cinq ! Choisissez votre lot, celui que vous voulez !

Guy se tourna vers Ivy.

— Qu'est-ce qui te ferait plaisir ? s'enquit-il.

— Je te laisse décider, lui répondit Ivy, curieuse de la décision qu'il prendrait.

Guy étudia l'éventail coloré des animaux en peluche.

— Rangée du haut, le troisième en partant de la gauche.

La femme lui tendit un cheval blanc ailé.

— Soit c'est un ange, soit c'est Pégase, commenta-t-il en l'offrant à Ivy.

— Pégase ! répondit cette dernière. Tu connais la mythologie.

— Encore une preuve que j'ai de la classe, observa Guy avec un sourire en coin.

— Je n'en ai jamais douté ! Merci, déclara Ivy en mettant le cheval sous son bras. Peg est très mignon.

Ils continuèrent vers une autre baraque où, cette fois, ils se relayèrent pour lancer des anneaux sur des bouteilles, avant de monter sur la grande roue du haut de laquelle ils purent apprécier les lumières de la ville à leurs pieds.

— Tu veux essayer autre chose ou aller dîner ? demanda Guy lorsqu'ils descendirent.

— J'ai envie d'un dessert, lui répondit Ivy. Ensuite, d'une autre attraction. Et après, d'un autre dessert.

Ils se prirent par la taille en riant et suivirent les panneaux vers les stands d'alimentation.

— Hé, Ivy ! l'appela soudain quelqu'un.

C'était Max. Beth et lui étaient assis sur un banc à côté des autos tamponneuses.

— C'est qui ? demanda Guy.

— Max. Et Beth.

— Will est ici ce soir ? s'informa Guy d'un air inquiet.

— Je suppose qu'ils sont venus ensemble, concéda Ivy non sans remarquer la façon dont Guy scrutait les alentours. Et si tu allais faire la queue pour tes hamburgers pendant que je leur dis bonjour ? suggéra-t-elle.

Elle rejoignit Max et Beth sur le banc, où elle se ménagea une petite place.

— Où sont les autres ? leur demanda-t-elle.

— Dans les autos tamponneuses, lui apprit Max, le doigt pointé vers le manège. Beth n'avait pas envie d'en faire, et moi non plus, précisa-t-il. Je n'aime pas la façon dont Bryan et Kelsey passent leur temps à rentrer dans tout le monde.

Ivy sourit, puis se leva pour regarder. Les voitures étaient, comme dans l'ancien temps, surmontées de hautes tiges noires recourbées, telles des langues de serpent fourchues, et en contact avec une grille métallique au plafond où elles lançaient des étincelles. Will et Dhanya effectuaient tranquillement le tour de la piste, tandis que Bryan, Kelsey et un autre garçon tournoyaient comme des fous pour heurter le plus de personnes possible.

— C'est Chase ? s'étonna Ivy.

— Oui, répondit Max.

— Cette odeur… murmura Beth. Ivy, l'odeur.

— De cheveux brûlés ? dit Max. C'est normal avec les autos tamponneuses.

— Je suis surprise de voir Chase, avoua Ivy en se rasseyant.

— On l'a été aussi, répondit Max. Il nous attendait sur le parking et il nous a suivis.

— Fais attention, souffla Beth en tordant la chaîne de son pendentif. C'est dangereux.

Ivy fronça les sourcils. Était-ce de Chase que Beth avait peur ?

— Elles sont électriques, mais ça ne risque rien, la rassura Max.

Ivy comprit que tous deux menaient deux conversations parallèles.

Le tour se termina et Kelsey, Bryan et Chase descendirent la rampe d'accès en continuant de se pousser et de rire bruyamment.

— Hé, Ivy ! la salua Kelsey. Tu aurais dû venir avec nous. Toi, et Guy, ajouta-t-elle en s'arrêtant pour regarder à la ronde. Il est où, Monsieur Mystère ?

— Il est allé chercher à manger, la renseigna Ivy en indiquant le stand de hamburgers d'un signe de tête.

— Monsieur Mystère ? répéta Bryan. Tu veux dire l'amnésique le plus apprécié de la région ?

— Où ça ? s'exclama Chase, ses yeux gris pétillants de curiosité.

— Visez l'étalon, messieurs : numéro trois dans la queue, précisa Kelsey.

Bryan, Max et Chase tendirent le cou pour vérifier. Will, qui venait d'arriver avec Dhanya, les imita et se figea, les yeux plissés d'un air mauvais.

Guy s'entretenait avec une fille aux cheveux bruns qui agitait la tête et gesticulait, l'air visiblement mécontente. Il s'éloigna d'elle à grands pas, avant de s'arrêter net et de pivoter sur ses talons. La fille lui avait hurlé quelque chose qui déclencha chez lui une réponse passionnée.

— Excusez-moi, bredouilla Ivy en se dirigeant vers lui.

— Il y a du crêpage de chignon dans l'air… dit Kelsey avec espoir.

Lorsque Ivy arriva à la hauteur de Guy, l'inconnue s'éloignait. Elle avait sorti son téléphone portable de son sac à main. Tout en le pressant sur son oreille, elle se retourna vers Guy pour marmonner quelques mots d'une voix qu'Ivy eut peine à entendre.

— Est-ce qu'elle t'a dit « Au revoir, Luke » ?

Guy fit volte-face.

— Quoi ?

— J'ai eu l'impression qu'elle t'appelait Luke, répéta Ivy.

— Non, répliqua-t-il en évitant son regard.

— Guy, tu la connais ?

— Je ne l'ai jamais vue de ma vie. Elle m'a demandé sa route.

Étant donné la vivacité de leur échange, ils n'avaient pas dû s'entendre sur l'itinéraire à suivre.

— Pour aller où ? insista Ivy.

— C'est un interrogatoire ? fulmina-t-il, les yeux étincelants.

Ivy inclina la tête, les sourcils froncés.

— Non.

— Excuse-moi, reprit-il d'une voix plus douce. Je n'aurais pas dû mal te répondre.

— Et je n'aurais pas dû te pousser dans tes retranchements.

Guy regarda derrière Ivy avec alarme.

— Je suis vraiment fatigué, déclara-t-il soudain. Est-ce que tu pourrais me raccompagner ?

— Tu ne veux pas manger ?

— J'ai ce qu'il faut dans ma glacière.

Ivy se résigna, non sans regret. « Luke est peut-être le prénom de la personne qui téléphonait à cette brune », songea-t-elle alors qu'ils repartaient en silence vers sa voiture. Quoi qu'il en soit, il paraissait évident que quelque chose avait contrarié Guy, et qu'il cherchait à le dissimuler.

Lorsqu'ils arrivèrent à Willow Pond, il déclina l'offre qu'Ivy lui faisait de rester.

— Je veux aller me coucher, lui dit-il en descendant rapidement de la Coccinelle.

Ivy s'empressa de l'imiter et contourna l'avant de la voiture pour le rattraper.

— Et si j'allais m'asseoir au bord de l'étang ? Je pourrais venir vérifier de temps en temps que tu vas bien.

— Non.

Son refus catégorique la heurta.

— J'ai besoin de sommeil, Ivy. J'ai besoin... de temps pour moi, d'espace.

Il reprenait mot pour mot la requête qu'elle avait adressée à Will. La gorge d'Ivy se serra.

— J'irai mieux demain. N'oublie pas de donner à manger à Pégase, ajouta-t-il avec un sourire forcé.

— Appelle-moi.

Sans lui répondre, il lui effleura la joue du dos de la main, et disparut vers la grange.

Ivy allait et venait dans le *cottage*, où elle jouait et rejouait la scène de la rencontre entre Guy et la brune. Les mouvements vifs qu'il avait faits suggéraient qu'il répondait à des émotions fortes. Toutefois, Ivy n'aurait su dire si elles relevaient de la colère, de l'inquiétude ou de l'incrédulité.

Si l'inconnue avait affirmé le connaître, pourquoi ne l'avait-il pas avoué à Ivy, pour qu'ils puissent avancer dans leurs recherches sur la base de ces nouveaux indices ? Peut-être voulait-il d'abord se renseigner seul. À moins qu'il n'ait pas apprécié ce qu'il avait découvert sur son identité, ou qu'il n'ait appris une terrible nouvelle.

« Non, se défendit Ivy. C'est Beth et Will qui m'ont empoisonné l'esprit. »

Quoi qu'il en soit, le doute avait pris racine, et elle ne pouvait plus s'en défaire. Beth avait laissé son ordinateur ouvert sur la table de la cuisine. D'où lui vint la tentation ? D'un désir d'aider ou d'une incapacité à faire confiance ? Elle n'en était pas sûre. Néanmoins, à vingt-trois heures quinze, alors que personne n'était encore rentré, elle s'assit et tapa « Luke » sur la page d'accueil de Google.

« Luke », et quoi ? Ivy pianota sur la table. « Luke » et « personne disparue », tapa-t-elle sur le clavier, avant de s'esclaffer. 51 800 résultats. Elle essaya « Luke + personne disparue + Massachusetts ». 8 310 réponses. En les survolant, elle constata qu'il y avait parmi elles beaucoup d'hôpitaux baptisés St. Luke, ainsi que beaucoup de Luke qui n'habitaient pas dans le Massachusetts mais y avaient un parent ou y avaient séjourné à un moment donné. Elle pourrait supprimer « St. » et « hôpital », mais était-ce judicieux de limiter la recherche au Massachusetts ? Pourquoi ne pas l'étendre au Rhode Island ou à n'importe quel autre État ? Cap Cod regorgeait de touristes – l'inconnue de la fête foraine en était peut-être une.

Spécifier une date serait sans doute utile. Mais quand Guy avait-il été porté disparu ? Le jour où on l'avait trouvé pour mort sur la plage, ou quelques jours plus tôt ? Les articles et affiches mentionnaient toujours un âge, or elle ne connaissait pas celui de Guy.

Ivy entreprit de lire quantité de descriptions de personnes qui, un jour, s'étaient envolées dans la nature. Elle n'avait jamais pris conscience du fait qu'il y en avait tant. Que leur était-il arrivé ? Avaient-elles été victimes d'une catastrophe ou s'étaient-elles « enfuies » pour recommencer leur vie de zéro ? Totalement absorbée par ce qu'elle lisait, elle n'entendit pas les pas, et ne se rendit compte de la présence de Will que lorsqu'il se pencha sur le dossier de sa chaise.

— Ivy, qu'est-ce que tu fais ?

Elle referma violemment l'ordinateur avant de faire volte-face.

— Will ! Tu m'as fait peur, s'exclama-t-elle, consciente que son excuse était bien peu valable en comparaison de sa réaction.

Will resta parfaitement calme.

— Qui est Luke ? lui demanda-t-il, le bras tendu comme s'il voulait rouvrir l'ordinateur.

— Je ne sais pas, lui rétorqua-t-elle en posant la main sur l'appareil.

— Est-ce que c'est le vrai nom de Guy ?

— Si ça l'était, je suis sûre que ta belle enquête te l'aurait révélé.

— Je ne suis pas ton ennemi, Ivy.

— Et tu crois que Guy l'est ?

Il croisa les bras.

— Ce que je crois, c'est que tu ne fais pas la différence entre les garçons qui se soucient de toi et ceux qui t'utilisent.

Ivy sentit ses joues s'empourprer.

— Sors d'ici ! Tu m'entends ? Sors tout de suite !

Avant que Will ait claqué la porte derrière lui, Ivy avait effacé sa recherche et éteint l'ordinateur. Comme elle aurait aimé pouvoir en faire de même avec l'effroi qui la gagnait !

Chapitre 24

À peine réveillée le mardi matin, Ivy consulta son téléphone. Elle n'avait aucun message de Guy. Elle brûlait d'envie de l'appeler. Mais elle respecta son souhait et s'exhorta à la patience.

En fin d'après-midi, ne supportant plus le silence, elle se rendit à St. Peter pour y faire du piano, dans l'espoir que Chopin, Schubert et Beethoven apaiseraient son esprit. À dix-huit heures trente, elle acheta un sandwich dans le café près de l'église, puis repartit jouer.

« Et si quelque chose lui était arrivé ? » songea-t-elle. Elle se persuada presque d'appeler en prenant ce prétexte. Cependant, Kip avait pris son numéro pour les cas d'urgence et il l'aurait prévenue s'il y avait eu le moindre souci. À vingt heures vingt, elle décida de rentrer, le téléphone posé sur le siège à côté d'elle de façon à pouvoir y répondre rapidement s'il sonnait.

Arrivée à l'auberge, elle constata que les voitures de Kelsey et de Will n'étaient pas là. Les fenêtres du *cottage* étaient plongées dans l'obscurité et le silence régnait. Ivy marcha sans faire de bruit pour ne pas perturber le calme ambiant. Dans la cuisine, seule la veilleuse luisait. Tout à côté, une note de tante Cindy prévenait qu'elle sortait pour la soirée.

Dans l'espoir de se distraire et d'oublier momentanément Guy, Ivy décida de monter chercher son roman policier. Arrivée à mi-hauteur de l'escalier, elle se figea. Les flammes vacillantes de bougies se reflétaient sur le plafond bas de la chambre. Ivy reprit son ascension sur la pointe des pieds et, stupéfaite, découvrit Beth, assise par terre près du lit de Dhanya, le regard rivé sur la planche Ouija. De profil comme elle la voyait, le visage illuminé par le cercle des petites bougies à thé, elle avait la pâleur d'un spectre, que seul rehaussait le pourpre de ses pommettes.

Elle ne parut pas remarquer qu'Ivy s'avançait vers elle. Les doigts posés sur la planche, elle ferma les yeux et se mit à murmurer des incantations. Ivy se pencha pour tâcher d'entendre ce qu'elle disait.

— Réponds, réponds, donne-moi ta réponse, chantonna-t-elle.

Les secondes s'égrenèrent. Ses mains, ses épaules et sa tête étaient parfaitement immobiles. On aurait dit qu'elle rêvait. Sous ses pâles paupières fermées, seuls ses yeux remuaient, d'un côté à l'autre, ce qui semblait indiquer qu'ils voyaient des choses invisibles pour Ivy.

— Réponds, réponds, donne-moi ta réponse…

L'oracle se mit à bouger, d'abord par mouvements saccadés.

— Réponds, réponds ! chanta Beth d'une voix plus insistante.

La pièce triangulaire entama des cercles lents sur le pourtour de la planche, dans le sens inverse des aiguilles d'une montre. Ivy en compta six, puis six autres, et six encore.

— Réponds, réponds, donne-moi ta réponse. Est-ce que c'est toi ?

Le triangle se déplaça sur la lettre G.

Ivy retint son souffle. Guy ou Gregory ?

L'oracle glissa alors vers le côté, vers le R.

Ivy regardait, tétanisée.

E… G… O… R… Y…

— Gregory, prononça Ivy du bout des lèvres.

E… S… T…

— Est, souffla-t-elle sans que Beth, en transe, l'entende.

I…

— Arrête ! cria Ivy.

C…

— Beth, arrête !!

Avant que le triangle de bois n'arrive sur la lettre I, Ivy s'en empara à pleine main, le plaça sur « Au revoir », et le jeta à travers la chambre.

Beth redressa la tête d'un coup comme si Ivy l'avait giflée.

— Beth, mais qu'est-ce que tu fais ? s'emporta Ivy. Je n'arrive pas à croire que tu…

— Il est ici, déclara Beth d'une voix d'outre-tombe. Plus rien ne peut l'arrêter maintenant.

Un coup retentissant fit sursauter Ivy. Elle tourna furtivement les yeux vers l'escalier : quelqu'un était en bas. Beth se pencha calmement pour éteindre chaque bougie. Avant qu'elle ait terminé, Ivy se précipita vers les marches et descendit dans la cuisine. Elle s'arrêta devant l'entrée, respira profondément et ouvrit la porte en grand.

— Merci, mon Dieu ! s'écria-t-elle.

— Ivy, ça va ? lui demanda Guy en s'empressant d'entrer. Tu trembles. Qu'est-ce qui se passe ?

— J'ai… j'ai eu peur.

Il faisait trop sombre pour voir ses yeux, mais elle sentit que Guy l'étudiait.

— À cause de moi ? s'enquit-il.

Elle partit d'un éclat de rire nerveux.

— Non ! Beth...

Comment lui expliquer ?

— C'est une longue histoire.

— Eh bien, allons faire une longue promenade.

— Ce que j'adore le plus sur les plages, c'est que la moitié de l'univers est faite de ciel, murmura Ivy en contemplant la vue.

Ils s'arrêtèrent en haut de l'escalier au pied de l'auberge.

— Oui, la moitié de l'univers est faite d'étoiles, répondit Guy.

Ivy le regarda.

« Tristan, lui demanda-t-elle intérieurement, est-ce que tu te souviens ? Est-ce que tu te souviens que tu m'as embrassée au centre d'une cathédrale d'étoiles ? »

Guy leva les yeux vers le firmament, la tête renversée.

— Elles sont tellement plus brillantes quand on est loin des lumières des villes. On dirait qu'elles sont plus proches de nous.

— Assez proches pour les toucher, chuchota Ivy.

— Là-bas, c'est Orion, indiqua Guy, l'index pointé. Je reconnais son épée.

Ils descendirent, puis ôtèrent leurs chaussures pour suivre le chemin qui traversait les dunes.

— Tu préfères te promener au bord de l'eau ? s'enquit Guy. Maintenant que je sais flotter, ajouta-t-il avec un sourire, je n'ai plus peur de me noyer dans un verre.

Pour toute réponse, Ivy le prit par la main et l'entraîna vers la mer. La marée descendante, en se retirant, faisait apparaître des trésors de galets et de coquillages argentés. Après un long moment de marche silencieuse, Ivy se retourna pour regarder leurs empreintes dans le sable.

Elles étaient parallèles, de foulée égale. Guy les observa à son tour et prit Ivy par la taille en souriant. Ils poursuivirent leur promenade.

— Alors, qu'est-ce qui t'a fait peur ? demanda Guy. Ça a quelque chose à voir avec Beth ?

— Oui. Elle est médium.

Guy ralentit en pleine enjambée.

— Ah bon ?

— Oui, c'est un vrai don chez elle. Autant qu'une malédiction. Il lui arrive souvent d'être épouvantée par ses visions.

— Tu m'as dit qu'elle t'avait aidée l'an dernier. Est-ce que c'est elle qui a démasqué Gregory ?

— Non, mais elle a participé à élucider une bonne partie du mystère.

— Qu'est-ce qu'elle a vu ce soir ?

Ivy éluda la question avec un haussement d'épaules.

— Ça n'a pas d'importance. J'ai réagi de manière excessive. Parfois, je crois que Beth confond ses visions et ses propres inventions. Elle a une imagination débordante.

Guy força doucement Ivy à tourner la tête vers lui et scruta son visage avec intensité.

— À mon avis, ça a de l'importance, parce que ça t'a contrariée. Mais tu me raconteras quand tu seras prête.

Là-dessus, il s'écarta d'elle et lança :

— Regarde !

Il se rua dans l'eau jusqu'aux cuisses, puis pivota sur ses talons, un large sourire aux lèvres.

— Alors, impressionnée ? lui demanda-t-il de loin. S'il te plaît, dis-moi que tu l'es.

— Oui, beaucoup ! lui répondit-elle.

Elle le rejoignit, soulevant autour d'elle de grandes gerbes d'eau écumante. Ils se prirent par les mains et, face à face, laissèrent les vagues se jeter contre leurs jambes. Mais chaque fois que l'une d'elles refluait, Ivy sentait les doigts de Guy se resserrer sur les siens.

— Tu n'aimes pas quand le courant te tire en arrière.

— Non, ça me donne l'impression que l'océan essaie de me ramener vers les ténèbres, concéda-t-il. Les déferlantes me font moins peur.

— Je ne le laisserai pas t'emporter, Guy, lui dit Ivy. Rien ne me fera lâcher prise.

— D'où me vient cette chance ? s'étonna Guy. J'ai dû faire au moins une bonne action dans ma vie.

— Plusieurs.

Il rit.

— Non, je le sais ! insista Ivy.

Le visage toujours rieur, il posa un baiser sur sa main gauche.

— En plus, je suis persuadée que c'est loin d'être de la chance, reprit Ivy.

— Tu penses à tes anges ? Tu vas finir par faire de moi un vrai croyant.

Ils sortirent de l'eau et repartirent vers le chemin des dunes en suivant leurs empreintes dans le sable. Alors qu'ils arrivaient à mi-hauteur de l'escalier, sur le palier équipé de bancs, Guy attrapa Ivy par le coude et lui demanda :

— Est-ce qu'on peut s'arrêter ? J'ai envie de jeter un coup d'œil.

Ensemble, ils contemplèrent la mer et le firmament, éternité noir et argent.

— J'ai l'impression qu'on flotte dans les airs, murmura Guy.

— À mi-chemin entre la terre et le paradis, souffla Ivy.

Il se tourna vers elle et prit tendrement son visage entre ses mains. Il le souleva vers lui, puis s'inclina pour embrasser la base de son cou. Alors, comme une caresse, ses lèvres remontèrent lentement le long de sa gorge.

— Je t'aime, Ivy.

Elle se laissa aller contre lui.

— Je t'aime aussi.

« Je t'ai toujours aimé », ajouta-t-elle intérieurement.

— Je pensais avoir perdu tout ce qu'un être humain peut perdre, observa Guy. Ensuite, je me suis persuadé que les choses ne pouvaient pas être pires. Après tout, que reste-t-il sans identité ? Je me trompais. Maintenant, je suis terrifié à l'idée de te perdre. Ivy, si je te perds…

— Chut… souffla-t-elle en lui caressant la joue.

— Si je te perds, je regretterai à jamais de ne pas être mort noyé.

— Tu ne me perdras pas.

— Mais si quelque chose devait nous séparer…

— Ça n'arrivera pas, l'interrompit-elle. Je te le promets. Rien ne nous séparera, ni sur terre ni au ciel.

Enlacés, ils finirent de monter l'escalier et contournèrent l'auberge. Ils n'éprouvaient ni le besoin ni le désir de parler. Ivy ne voulait penser ni au passé ni à l'avenir. Tristan lui était revenu. Elle ne désirait qu'une chose : vivre le présent pour l'éternité. Tout ce qu'elle avait jamais souhaité était là, maintenant.

— Luke McKenna ?

Tirée de sa rêverie par la voix grave, Ivy leva des yeux surpris vers deux officiers de police. Guy la lâcha d'un geste brusque.

— Vous êtes en état d'arrestation, déclara l'homme. Vous avez le droit de garder…

Sans attendre la fin de la phrase, Guy se précipita vers les arbres. Le policier et sa collègue braquèrent leurs lampes de poche dans sa direction, mais il se faufila entre les pins et disparut dans l'obscurité. La femme, svelte, se rua après lui. L'homme, plus âgé, resta avec Ivy, qu'il étudia, les bras croisés.

Celle-ci avait le vertige. « Luke, songea-t-elle. Son nom est Luke. » Il le savait – il avait réagi lorsque l'officier l'avait interpellé. En avait-il toujours été conscient ? Depuis la fête foraine ? Avant ?

Le policier jeta un coup d'œil par-dessus son épaule et Ivy suivit son regard. Will était apparu entre la grange et le *cottage*.

— Est-ce que vous êtes consciente du danger que vous couriez ? demanda l'homme à Ivy. Est-ce que vous vous rendez compte de ce que Luke McKenna a fait ?

Les yeux écarquillés, Ivy demeura bouche bée. Un courant d'air frais, arrivé de l'océan, la fit frissonner.

— Vous avez de la chance que votre ami nous ait alertés, poursuivit l'homme.

Ivy regarda Will à la dérobée, avant de reporter son attention sur l'officier.

— De quoi Guy... Luke... est-il accusé ?

Les joues flasques, le double menton reposant sur le col de son uniforme, l'homme la jaugea, se demandant si elle feignait l'ignorance.

— Vous n'en savez rien ?

— Non, lui répondit-elle en le regardant droit dans les yeux.

— De meurtre.

Chapitre 25

Ivy se tordit de douleur comme si elle avait reçu un coup de poing au ventre. Elle se dirigea avec peine vers le *cottage*, où elle s'effondra sur le seuil de la porte.

Quelques minutes plus tard, la femme policier revint, hors d'haleine.

— Je n'ai pas réussi à le suivre, informa-t-elle son collègue d'une voix saccadée. Il est en bonne santé et il connaît cet endroit mieux que moi. Remarque, si j'avais eu un peu d'aide, je l'aurais peut-être attrapé.

Son collègue ignora la pique.

— Je n'ai pas entendu sa moto. Et on sait où il vit. On l'aura, ne t'inquiète pas. En attendant, je veux que tu l'interroges, ajouta-t-il en faisant un signe de tête vers Ivy. N'oublie pas de lui faire signer sa déclaration. Même si, apparemment, elle ne sait rien.

— Vous avez quel âge ? lui demanda la femme.

— Dix-huit ans, répondit Ivy, présumant que, de ce fait, ils n'appelleraient pas sa mère.

— On ne vous accuse de rien, on veut juste vous poser quelques questions. Et vous avez droit à un avocat si vous le souhaitez.

— Je n'en ai pas besoin.

— Vous voulez que votre ami vous accompagne ? lui

proposa la femme en pointant le doigt vers Will, qui s'approchait d'elles.

« Will à la rescousse, pensa Ivy. Encore et toujours, Will vient à ma rescousse. »

— Merci, je préfère y aller seule.

Will s'arrêta net.

— Entendu, ma voiture est sur le parking.

Pendant que l'officier restait sur les lieux à attendre l'arrivée de la fourrière qui emporterait la moto de Guy, Ivy suivit la femme jusqu'au commissariat avec sa Coccinelle. Une fois sur place, on la conduisit dans une pièce qui sentait le café brûlé et le pop-corn qu'on a fait éclater au micro-ondes.

— Je peux vous proposer quelque chose ? De l'eau, du thé ? demanda la femme à Ivy en se servant une tasse de café trouble dans lequel elle mélangea du succédané de crème à l'aspect caillé.

Ivy lui fit non de la tête.

— Je m'appelle Donovan, reprit la femme en s'asseyant à son bureau en face d'Ivy. Rosemary Donovan.

Elle lui tendit sa carte, sur laquelle étaient inscrits son nom, son matricule ainsi que son numéro de ligne directe, puis elle ouvrit un dossier.

— Passons aux questions, dit-elle.

Ivy répondit à chacune d'entre elles, lentement, le cœur serré. Ainsi, elle expliqua comment elle avait rencontré Luke ; comment ils avaient quitté l'hôpital ; ce qu'il lui avait raconté de son passé, autrement dit rien. La dernière question fut la plus douloureuse : l'officier Donovan voulut savoir ce qu'Ivy pouvait dire du comportement de Guy lorsqu'ils étaient ensemble. Ivy posa des yeux hagards sur les taches circulaires de café laissées par les tasses sur le bureau.

Que pouvait-elle déclarer ? Qu'elle avait remarqué sa grande gentillesse envers un chat perdu ? Que lorsque

Guy… Luke… l'embrassait, sa tendresse lui tirait presque des larmes ? Comment un garçon qui semblait si amoureux pouvait-il être un meurtrier ? Comment aurait-il réussi à feindre avec tant de persuasion ?

« Gregory est ici. »

Au souvenir du message donné par la planche Ouija, le sang d'Ivy se glaça. Gregory était revenu, comme Beth l'avait prédit. Sans compter que Lacey avait eu raison : en se glissant dans l'esprit de Guy, Gregory réussissait aisément à convaincre, à séduire.

Après un long silence, l'officier Donovan demanda :

— Est-ce que vous êtes amoureuse de Luke ?

Ivy eut la nausée. Comment avait-elle pu s'éprendre d'un cœur hanté par Gregory ? Elle enfouit son visage dans ses mains.

— Vous avez envie de me dire autre chose ? l'encouragea la femme d'une voix douce.

— Non.

— En ce cas, vous avez peut-être des questions à me poser.

— Qui a été tué ? demanda Ivy en redressant la tête. Pourquoi pensez-vous…

Elle hésita, avant de s'obliger à prononcer son vrai nom.

— Pourquoi pensez-vous que Luke est le coupable ? Et comment Will a-t-il découvert qu'il était soupçonné de meurtre ?

— Will O'Leary ?

L'officier Donovan consulta le dossier.

– M. O'Leary a appelé l'hôpital d'Hyannis pour lui fournir le prénom du patient qui s'était enfui. Le personnel a pris contact avec la police locale, qui a lancé un avis de recherche auprès des municipalités environnantes. L'étude de nos dossiers nous a amenés à découvrir que nous avions une enquête en cours sur un suspect dont le casier indiquait qu'il avait bien plus que des factures médicales impayées à son passif. Quant à la victime…

La femme fit glisser une photo sur le bureau.

Ivy regarda fixement la jeune fille aux cheveux bruns et aux yeux sombres qui pétillaient de malice.

— Elle s'appelle Corinne Santori.

— Elle avait quel âge ?

— Dix-neuf ans. C'était l'ancienne petite amie de Luke. D'après des membres de leur entourage, ils s'étaient fiancés en secret. C'est elle qui aurait rompu, ce qui l'a apparemment rendu fou de rage.

— Comment… s'y est-il pris ?

— Il l'a étranglée.

Ivy ferma les yeux, bouleversée par le souvenir de la tendresse avec laquelle Luke l'avait embrassée dans le cou. Et dire qu'elle s'était pensée à mi-chemin entre la terre et le ciel.

— Ça va ? s'enquit l'officier Donovan.

— Oui, répondit Ivy en respirant profondément.

Elle se décida alors à révéler l'incident qui avait eu lieu entre Luke et la fille brune à la fête foraine. Elle ne cacha pas qu'il avait refusé d'admettre que cette inconnue l'avait appelé Luke.

« Il a menti, nié la vérité, fait semblant de s'intéresser à moi, songea-t-elle. Pourquoi n'ai-je pas senti la présence de Gregory en Guy ? »

À la fin de l'interrogatoire, l'officier Donovan proposa à Ivy de la raccompagner jusqu'au *cottage*.

— Ça ira, merci, lui répondit Ivy.

— D'accord. Par contre, je vais prévenir mon collègue que vous arrivez.

Ivy la remercia d'un signe de tête.

— Soyez prudente, conclut la femme. Très prudente. Nous ne voulons pas qu'une nouvelle jeune fille soit tuée.

Chapitre 26

Lorsque Ivy revint à l'auberge, la fourrière quittait le parking avec la moto de Luke, suivie par l'officier de police au volant de son propre véhicule. Tante Cindy n'était pas encore rentrée, mais Ivy savait qu'il était fort possible qu'un client ait remarqué quelque chose et lui demande ce qui s'était passé. Elle alla chercher un crayon et une feuille de papier dans la cuisine et repartit s'installer sur la balancelle pour rédiger une note d'explication. Elle énuméra les faits bruts : « J'ai découvert que le vrai nom de Guy était Luke McKenna et que la police le recherchait. Quand ils ont essayé de l'arrêter, il s'est enfui. Les policiers m'ont interrogée, mais j'ai déclaré que je ne savais rien de sa vie passée. »

Ivy fut surprise de sa propre froideur. On aurait dit que son cœur et son esprit s'étaient fermés pour se protéger de l'horreur des actes commis par Luke. Elle signait lorsqu'elle entendit la porte du *cottage* s'ouvrir.

Beth se tenait dans l'encadrement.

— Comment vas-tu ? demanda-t-elle à Ivy.

Sa voix avait retrouvé sa douceur habituelle et la couleur de ses joues était redevenue normale ; si Ivy n'avait pas été témoin de sa séance de spiritisme un peu plus tôt, elle n'aurait pas pu deviner que Beth en avait fait une.

— Ça va, lui répondit Ivy, certaine que Will lui avait déjà relaté l'horrible vérité.

— Tu préfères être seule ?

— Non. Je suis contente de te voir, Beth.

Elle lui montra le mot qu'elle venait d'écrire.

— Je suis désolée. Vraiment, murmura Beth en posant une main sur les siennes.

Ses paroles étaient si simples. Ivy fondit en larmes. Bientôt, la douleur qui l'oppressait se fit si intense qu'elle eut peine à respirer. Beth lui passa le bras dans le dos.

— Comment ai-je pu être aveugle à ce point ? s'écria Ivy, la voix entrecoupée de sanglots. Tu avais raison, Beth. Depuis le début. Comment est-ce que j'ai pu m'imaginer que Guy était Tristan ?

— C'est facile à comprendre. Il te manque toujours et tu n'as pas encore fait ton deuil. Ton cœur voulait tellement que ce soit lui que tu t'en es convaincue.

— Pourtant, vous m'avez mise en garde, Will et toi. Et j'ai refusé d'écouter. Je te prie de m'excuser.

Beth garda le silence.

— Depuis quelques jours, reprit Ivy, j'en étais même arrivée à me poser des questions sur ton comportement. Mais c'est moi qui agissais bizarrement ! Quand je pense que tu as été obligée de me regarder commettre les mêmes erreurs que la première fois sans pouvoir rien faire. J'ai à nouveau accordé ma confiance à la mauvaise personne.

Ivy soupira profondément.

— On a laissé entrer Gregory le soir de la séance de spiritisme, c'est ça ? reprit-elle.

Beth baissa la tête et son visage disparut derrière l'écran de ses cheveux.

— L'an dernier, poursuivit Ivy, quand Tristan est revenu, il n'a eu aucun problème pour se glisser dans l'esprit de Will. Pourtant, Will n'est ni médium comme toi ni croyant comme Philip. Mais lui et Tristan partageaient souvent les mêmes pensées. Donc, je suppose que Gregory n'a eu aucun mal à trouver une place dans l'esprit d'un meurtrier.

— Surtout s'il a le même âge que lui, comme Luke.

Ivy tressaillit.

— Pendant ta séance de spiritisme, l'oracle a épelé « Gregory est ici ».

— Je me suis dit que si j'arrivais à entrer en contact avec lui…

— Et quand je suis descendue ouvrir la porte, l'interrompit Ivy, il était là.

— Il reviendra. À un moment ou à un autre, Luke reviendra, répéta Beth en serrant les mains d'Ivy. Ne me laisse pas, Ivy. Pas maintenant. Il faut qu'on s'entraide. Je t'en prie, ne me laisse pas.

— Bien sûr que non ! s'exclama Ivy en prenant son amie dans ses bras. Je ne te laisserai plus jamais.

Ivy déposa sa note dans la bannette à courrier de tante Cindy. Sur le chemin du retour vers le *cottage*, son regard s'arrêta brièvement sur la grange. Elle se sentait encore trop écorchée pour essayer de renouer avec Will. Si elle avait appris une chose au cours des dernières semaines, c'est qu'elle ne l'aimait pas de tout son cœur et de toute son âme comme elle avait aimé Tristan ou commencé à aimer Luke. Elle ne pourrait plus jamais prétendre l'inverse.

Lorsqu'elle sortit de la douche, Beth était déjà couchée.

— Ça va ? lui demanda-t-elle.

— Oui, et toi ?

— Ça ira mieux bientôt, répondit Ivy avec détermination.

— Tant qu'on restera ensemble, tout se passera bien.

Les yeux rivés au plafond, Ivy resta éveillée longtemps ce soir-là. Beth s'était rapidement endormie et Ivy attendit que Dhanya et Kelsey, rentrées une heure plus tard, fassent de même avant de se lever pour descendre dans la cuisine. Lorsqu'elle alluma le lampadaire près du canapé dans le salon, elle fut accueillie par un miaulement feutré.

— Dusty ! Tu es censé rester dehors pour protéger le jardin des souris et des campagnols.

Désireux d'être caressé, le chat se mit sur le dos, puis sauta à bas du canapé avant de se diriger d'un pas nonchalant vers la porte. Ivy le suivit pour la lui ouvrir. Ce faisant, elle remarqua le crochet, cassé, de la moustiquaire. Étant donné que personne ne fermait à clé alentour, ses amies et elle n'avaient jamais pensé à le réparer. Elle hésita un moment à fermer et verrouiller la porte principale, mais elle abandonna l'idée et repartit vers le canapé. Luke était un fugitif recherché par la loi, et il se garderait bien de revenir sur les lieux où sa réelle identité avait été révélée. Quant à Gregory, il ne serait pas arrêté par des cadenas.

Ivy s'occupa à compléter le puzzle et l'avait presque terminé quand le sommeil la rattrapa enfin. Elle éteignit et s'allongea, la tête tournée vers la porte-moustiquaire, à travers laquelle elle observa les motifs dessinés par la lune et l'obscurité. Au bout d'un moment, elle se tourna et s'endormit, le visage enfoui dans les coussins.

Elle se réveilla quelque temps plus tard en sursaut. Ne reconnaissant pas immédiatement le tissu rayé du canapé, elle se demanda tout d'abord où elle était, et ce qui l'avait tirée de son sommeil. La pièce était sombre, le *cottage*, silencieux.

Soudain, une main s'abattit sur sa bouche.

« Luke ! » pensa-t-elle aussitôt. Elle se débattit, essaya de repousser ces doigts qui l'étouffaient, donna des coups de pied, mais, à en juger par la facilité qu'il avait à la maîtriser, son agresseur était fort.

— Ivy ! Chut… chut…

C'était bien Luke.

Elle résista de plus belle, balança farouchement la tête de droite à gauche, essaya de le mordre pour qu'il la lâche.

« Tristan, aide-moi ! Tristan, je t'en prie ! » supplia-t-elle.

Luke, qui s'était littéralement allongé sur elle pour l'empêcher de bouger, finit par ôter la main de sa bouche et par se redresser. Avant qu'elle puisse crier, il lui mit une pièce brillante devant les yeux.

— Ivy, j'ai retrouvé la mémoire, dit-il calmement.

— Tu as retrouvé la mémoire ! Quelle mémoire ? Celle du jour où tu as tué Corinne ?

Il déposa la pièce sur une de ses paumes levées.

— La première fois qu'on s'est embrassés, tu venais de plonger pour attraper un penny. Je t'ai vue au fond de la piscine et j'ai cru que tu t'étais noyée. J'ai voulu te ramener à la surface à l'instant où tu remontais.

Ivy se figea, le souffle coupé.

Il posa sa propre main sur la sienne, paume contre paume, puis referma ses doigts sur elle.

— Ils m'appellent Luke, mais mon vrai nom, c'est… Tristan.

Le cœur d'Ivy se mit à battre comme il l'avait fait le soir de l'accident. Elle se tourna vivement, et la pièce tomba par terre en cliquetant. Du bout du doigt, Luke suivit délicatement le tracé du visage d'Ivy. Il la contemplait avec une expression d'étonnement émerveillé. Il l'embrassa, puis appuya son front contre le sien. Elle sentit les larmes chaudes qui roulaient sur ses joues.

— Tristan, jusqu'à ce soir, j'ai cru que c'était toi, mais je ne sais plus maintenant.

— Je t'en prie, continue de croire en moi, sinon je serai condamné aux ténèbres !

Elle le serra contre elle.

— Je t'aime, Tristan. Je t'aimerai toujours.

— Toujours, Ivy, murmura-t-il.

— Je ne supporterai pas de te voir partir une nouvelle fois, lui assura-t-elle.

Elle sentit son souffle s'apaiser. Puis il reprit :

— Ivy, je sens quelque chose d'anormal. Je ne sais pas ce qui s'est passé entre le moment où je t'ai dit au revoir et celui où j'ai repris connaissance dans le corps de Guy... de Luke, rectifia-t-il, mais un événement terrible se prépare. Je le sens au plus profond de moi.

— Sous quelle forme es-tu revenu ? s'inquiéta Ivy. Celle d'un ange ou d'un être humain ? Est-ce que tu parles toujours à travers l'esprit des autres ?

— Non, lui répondit-il en se redressant, les mains tendues. Le visage de Luke est le mien, ses mains sont les miennes... et les miennes uniquement. Je ne sais pas où est son esprit. Il n'est plus dans son corps, pas plus que son âme, et je ne connais rien de son existence en dehors de ce que les autres en disent. Les bribes de souvenirs qui me reviennent sont issues de la vie que j'ai eue quand j'étais Tristan.

— Est-ce que tu te rappelles Gregory ? Enfin, au-delà de ce qu'on a dit l'autre soir ?

— Je me revois l'affronter, oui. Et je me rappelle ses yeux gris. Il leur arrivait d'être froids et distants, ou brûlants de colère quand je le prenais au dépourvu.

— Il est revenu.

— Revenu ? répéta Tristan. Ivy, si c'est vrai, tu es en danger.

— Ce soir, Beth a essayé d'entrer en contact avec lui par le biais de la planche Ouija. L'oracle a épelé « Gregory est ici ». Et quand je suis descendue…

Ivy s'interrompit, et un frisson lui parcourut le dos.

— Tu as ouvert la porte, et j'étais là. Après, tu as découvert que j'étais accusé de meurtre et tu en as déduit que Gregory s'était glissé dans l'esprit de Luke.

Ivy hocha la tête.

— Qui d'autre se trouvait dans la maison à ce moment-là ?

Elle ne répondit pas.

— Ivy, qui d'autre ?

Des bruits se firent entendre à l'extérieur. Ivy tourna la tête vers la porte-moustiquaire. Des faisceaux de lampes torches balayaient le jardin.

— C'est la police, murmura-t-elle en agrippant le bras de Tristan. Ils ont deviné que tu reviendrais. Ils te cherchent.

La voix de tante Cindy s'éleva soudain :

— Ceci est une auberge, j'ai des clients qui dorment. Vous n'avez pas le droit de pénétrer sur une propriété privée de cette façon !

Tristan enlaça Ivy.

— Je ne peux pas te laisser avec…

— Pour eux, tu es Luke, lui rappela Ivy. Ils te prennent pour un meurtrier. Tu dois partir.

— Qui d'autre était là en dehors de Beth ? répéta Tristan.

— Viens, l'implora Ivy en l'entraînant vers la porte de la cuisine. Pars, Tristan, pars, je t'en supplie !

— Il y a trop de danger autour de toi, Ivy.

— Tu ne pourras pas m'aider si tu es en prison. Va-t'en !

Il l'embrassa une dernière fois, et disparut.

Ivy était certaine que, si les policiers la trouvaient en bas, ils se douteraient que Luke avait été là. Elle s'empressa de monter dans la chambre.

« Anges, protégez-le, et protégez-moi ! » pria-t-elle.

Alors qu'elle se ruait vers son lit, son regard se porta sur Beth. Sa meilleure amie dormait, le visage paisible et pâle, ses cheveux châtain clair éparpillés comme des plumes sur son oreiller. La gorge serrée, Ivy s'avoua enfin ce qu'elle n'avait pu dire à Tristan : lorsque la planche Ouija avait formulé son effroyable message, la seule autre personne présente dans la maison était Beth.

L'été précédent, c'était dans l'esprit de Beth, médiumnée, que Tristan avait eu le plus de facilité à pénétrer, alors qu'il tentait d'entrer en communication avec Ivy. Le soir de leur séance de spiritisme, Gregory avait probablement trouvé en elle le même portail ouvert. Ivy avait attribué les maux de tête de Beth à l'accident, mais, à la réflexion, elle se remémora qu'ils étaient apparus après cette fameuse soirée.

Depuis lors, son comportement était devenu étrange. Ivy connaissait la cause de cette évolution : plus le temps passait, plus Gregory prenait le contrôle de son esprit.

— Ivy Lyons ! appela un policier en frappant à la porte du *cottage*.

Ivy s'esclaffa presque. Leurs lois et leurs fusils constituaient des armes bien inutiles face à un démon qui ne voulait qu'une chose : elle.

Remerciements

Merci à mon époux, Bob, qui m'écoute et me fait rire sans cesse ; à ma sœur, Liz, qui a exploré avec moi son lieu de résidence, la magnifique péninsule de cap Cod ; à Karen, qui m'a offert un logis douillet à l'auberge du village ; et à Josh Bank, Lanie Davis et Emilia Rhodes, pour leur précieux travail éditorial.

« Pour l'éditeur, le principe est d'utiliser des papiers composés de fibres naturelles, renouvelables, recyclables et fabriquées à partir de bois issus de forêts qui adoptent un système d'aménagement durable. En outre, l'éditeur attend de ses fournisseurs de papier qu'ils s'inscrivent dans une démarche de certification environnementale reconnue. »

Composition Nord Compo

Imprimé en France par CPI BRODARD ET TAUPIN
Dépôt légal : mai 2011
20.19.2285.3/01 – ISBN 978-2-01-202-285-0
N° d'impression : 63642

Loi n° 49-956 du 16 juillet 1949
sur les publications destinées à la jeunesse.